書下ろし

虚《うつ》ろ陽《び》

風烈廻り与力・青柳剣一郎㊻

小杉健治

祥伝社文庫

目次

第一章　北町与力《きたまちよりき》　9
第二章　下手人《げしゆにん》　93
第三章　すり替え　172
第四章　加賀友禅《かがゆうぜん》の秘密　252

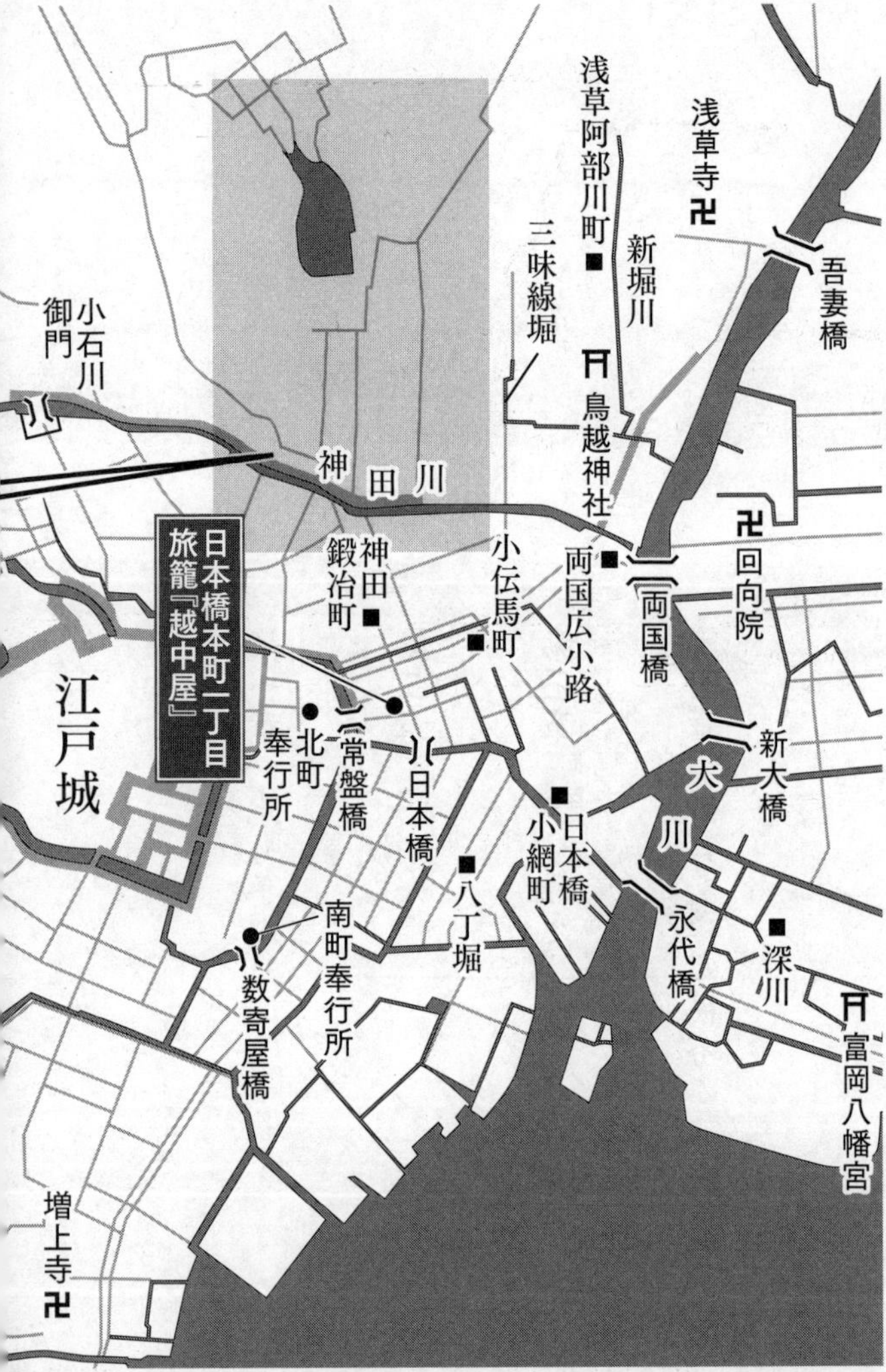

浅草阿部川町
浅草寺
新堀川
三味線堀
吾妻橋
小石川御門
鳥越神社
神田川
日本橋本町一丁目旅籠『越中屋』
神田鍛冶町
小伝馬町
両国広小路
両国橋
回向院
江戸城
北町奉行所
常盤橋
日本橋
日本橋小網町
新大橋
大川
八丁堀
南町奉行所
永代橋
深川
数寄屋橋
富岡八幡宮
増上寺

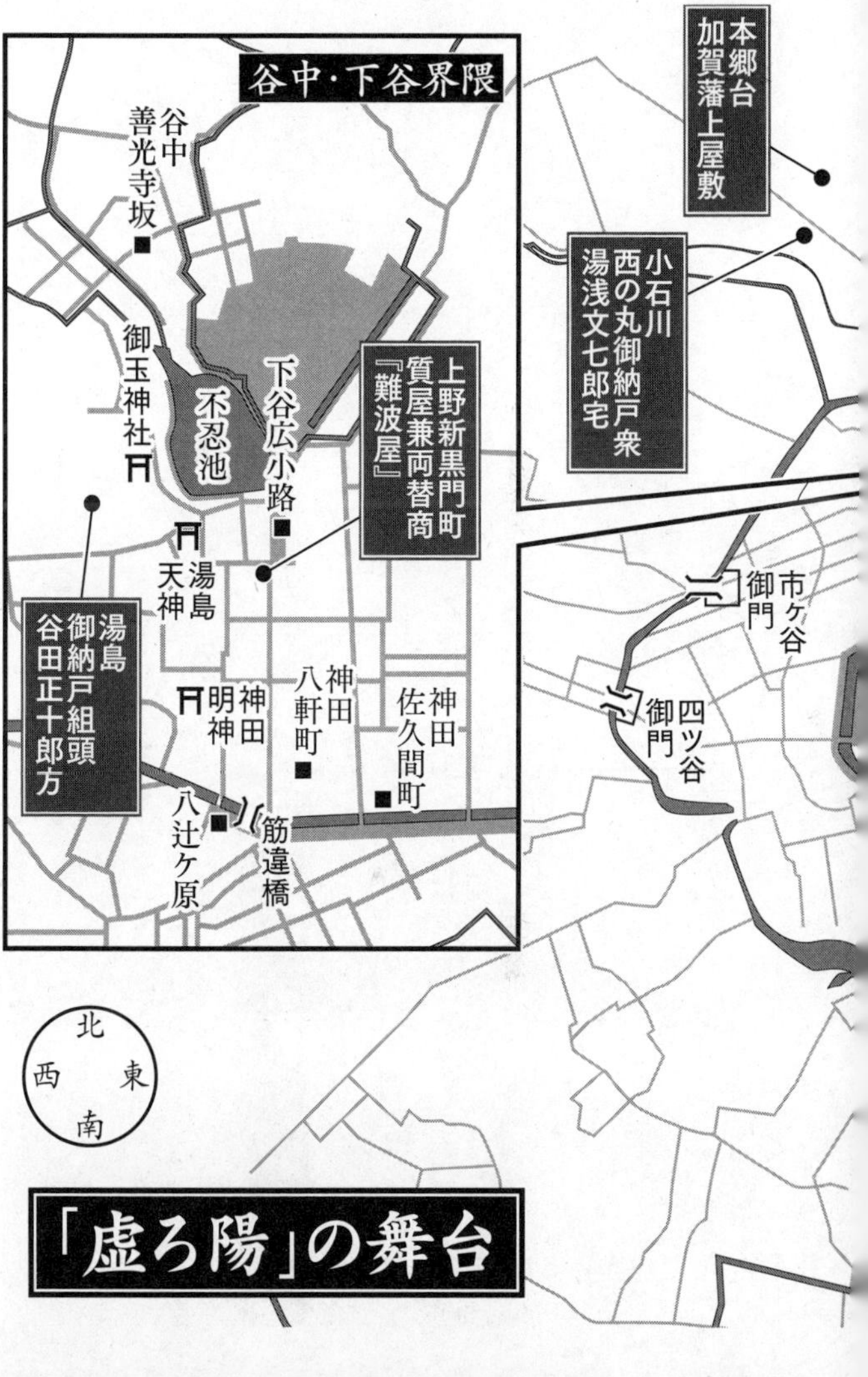

谷中・下谷界隈
谷中善光寺坂
御玉神社
不忍池
下谷広小路
上野新黒門町質屋兼両替商『難波屋』
湯島天神
湯島御納戸組頭谷田正十郎方
神田明神
神田八軒町
神田佐久間町
八辻ケ原
筋違橋
本郷台加賀藩上屋敷
小石川西の丸御納戸衆湯浅文七郎宅
市ケ谷御門
四ツ谷御門
北
西
東
南

「虚ろ陽」の舞台

第一章　北町与力《きたまちよりき》

一

　四月に入って穏《おだ》やかな陽気が続いていたが、今日は早朝から強風が吹き荒れていた。風烈廻り与力《ふうれつまわりよりき》である青柳剣一郎《あおやぎけんいちろう》は同心《どうしん》の礒島源太郎《いそじまげんたろう》と大信田新吾《おおしだしんご》とともに町廻りに出ていた。

　砂塵《さじん》が巻き上がるたびに、立ち止まって目を手で覆《おお》わねばならぬほど。紙切れが舞って、通りを樽《たる》が転がっている。ともかく、かつてないほど歩くのにも難渋《なんじゅう》した。

　小石川《こいしかわ》から本郷《ほんごう》の加賀《かが》藩前田《まえだ》家上屋敷の前に差しかかったころ、あれほど吹き荒れていた風がまるで吹き出し口を塞《ふさ》いだかのようにぴたっと止《や》んだ。

剣一郎は広大な敷地を持つ上屋敷の表門に目を向けた。ちょうど、門から商人ふうの男が出てきた。

『越中屋《えっちゅうや》』の甚右衛門《じんえもん》だ。城端《じょうはな》から江戸に出て来た者が必ず世話になるという商家だ。甚右衛門は城端の出であり、加賀藩上屋敷に出入りしていることは少しも不自然ではない。

上屋敷から遠ざかり、剣一郎の一行は湯島《ゆしま》の切通《きりどお》しを下っていた。風が止んで、歩いているうちに汗ばんできた。

「さっきまでの荒れた天気が嘘《うそ》のようですね」

礒島源太郎が前方に見える上野寛永寺《うえのかんえいじ》の五重塔のほうを見ながら言う。塔の上に青空が広がっていた。

「でも、ちょっと暑くなってきました」

大信田新吾は額《ひたい》の汗を拭《ぬぐ》った。

「風が強いより暑いほうがいい」

源太郎がほっとしたように言う。

風が強いと、ちょっとした火の不始末から大火になりかねず、また付け火をしようという不心得者《ふこころえもの》が出ないとも限らない。

湯島切通町から、剣一郎たちは池之端仲町《いけのはたなかちょう》に足を向けた。風が吹き荒れていると風塵で目が開けられず、頭も体も埃《ほこり》だらけになる。だが、風が弱まったので家に閉じこもっていた人々も外に出てきて、通りもいつもの活気を取り戻していた。

荷をたくさん積んだ大八車とすれ違った。商家の内儀《ないぎ》ふうの女と女中が古着屋から出てきた。

前方を不忍池《しのばずのいけ》のほうに横切った武士がいた。岡《おか》っ引《ぴ》きらしい男と手下がついて行く。

「あれは……」

礒島源太郎が目ざとく見つけて声を上げた。一行の先頭にいるのは三十過ぎの細身の武士だ。しかし、しなやかで力強い足どりは剛健《ごうけん》な体軀《たいく》を窺《うかが》わせる。

「北町《きたまち》の水川秋之進《みずかわあきのしん》さまです」

「うむ。水川どのだ」

剣一郎は思わず呟《つぶや》いた。その歩き方も自信に満ちていた。通りがかりの者も振り向いている。

水川秋之進は北町奉行所当番方《ぶぎょうしょとうばんかた》の与力だった。当番方は玄関脇の当番所で庶民の請願《せいがん》を受け付けたり、当直《とうちょく》や宿直《とのい》などを行なう。だいたいが新参《しんざん》の与力が務める役で、捕物出役《とりものしゅつやく》や検使《けんし》なども務める。

捕物出役とは乱暴狼藉者《らんぼうろうぜきもの》が民家に閉じこもった場合などに捕縛《ほばく》のために出動する役目で、与力は同心三人を引き連れていく。

二か月ほど前、水川秋之進は、捕物出役で出動した際、同心の手に余った狼藉者数名をひとりで叩《たた》きのめした。

その事件をきっかけに鼻筋が通り、整った顔立ちであることもあって、町の衆からも俄然《がぜん》注目を集めるようになったのだ。

剣一郎は三日前にも髪結《かみゆ》いから水川秋之進の名を聞いた。八丁堀《はっちょうぼり》の屋敷には毎朝、髪結いがやってくる。髪結いは巷《ちまた》の噂《うわさ》を運んで来てくれるのだ。

「青柳さまは北町奉行所の水川秋之進という与力さまをご存じですか」

髷《まげ》を解《ほど》いて髪を梳《と》かしながら、髪結いが切り出した。

「内寄合《うちよりあい》などで北町に出向いたときに何度か見かけたことがある。なかなかの切れ者という印象だった」

剣一郎は自分より若い、きりりとした顔を思い出した。

内寄合とは月に三度、六日、十八日、二十七日に南北の奉行が月番《つきばん》の奉行所で顔を合わせ、打ち合わせを行なうのである。

南北の奉行所は対立しているわけではなく、お互いに協力し合っていた。

「水川どのがいかがした？」

剣一郎はきいた。

「近頃、水川さまの評判がとみに上がっているようです」

髪結いが口にした。

「捕物出役のときの活躍を耳にした」

剣一郎は思い出して言う。

「捕物出役のときの手柄もそうですが、近頃は与力でありながら定町廻《じょうまちまわ》り同心の探索に手を貸すことも多く、難しい事件を解決させ、一部では北町の青痣《あおあざ》与力と呼ばれているそうです」

「わしは引き合いに出されるほどのものではない」

剣一郎は苦笑した。

「水川さまの評判が上がった大きな理由のひとつに科人《とがにん》たちの言葉があるようなんです」

「はい。水川さまに捕まった押込みの男が死罪になる前に、水川さまのやさしさに救われてまっとうな心持ちで旅立てると、感謝していたそうです。それから、遠島《えんとう》になった男も流人船《るにんせん》が出る前に水川さまへの感謝の念を訴えていたとか。もちろん、それほどの重い罪でもない者からも北町のお奉行宛てにお礼の文《ふみ》がたくさん届いたとももききました」

「そうか。それは素晴らしいことだ」

剣一郎は素直に敬意《けいい》を抱いた。どんな悪人に対しても罪を憎んで人は憎まず、真心を持って接しているのだろう。それは生半可《なまはんか》に出来ることではない。

「青柳さま」

髪結いの声の調子が変わったので、剣一郎はおやっと思った。

「どうした？」

「へえ。いずれお耳に入るかと思いますので申し上げますが、今、町では青柳さまと水川さまはどっちが上かという話になっているんです」

「なに、どちらが上？　こんなことにどちらが上かなどない」

剣一郎は呆《あき》れ返る。

「科人たちの言葉？」

「ですが、口さがない世間の者たちは青柳さま派と水川さま派に分かれて喧々《けんけん》囂々《ごうごう》、侃々諤々《かんかんがくがく》ですぜ」

「うむ。確かに世間はそういうものであろうが」

剣一郎は困ったことだと思いながら、

「わしも水川どのもそれぞれ江戸の民のために働いている。どちらが上だとか、優《すぐ》れているなどとは関わりない。ことあるごとにそう伝えておいてもらいたい」

「へい」

髪結いは頷《うなず》いたが、

「じつは対立を煽《あお》っているのは読売《よみうり》なんです。瓦版屋《かわらばんや》が売上げを伸ばすために面白おかしく書いているんですよ」

「そうか」

瓦版屋の儲《もう》けに絡んでくるとなると、しばらくは収まりそうもない。困ったことだと、剣一郎は重たい気持ちになった。

剣一郎は髪結いの話を思い出しながら、前方を横切って行く水川秋之進を見送った。

「ひょっとして御玉神社《みたまじんじゃ》に行くんじゃないでしょうか」

源太郎がいきなり言う。

「御玉神社か。しかし、首吊りのことならけりはついているはずだ」

剣一郎は怪訝《けげん》そうに言う。

「この半年で、御玉神社の裏の雑木林で三人の男が首縊《くびく》りで死んでいるのです。何かの祟《たた》りではないかと巷で評判のようです」

大信田新吾が答える。

「神社に祟りか」

「はい。御玉神社の御玉は御霊《みたま》にも通じ、ずっと昔に首縊りで死んだ女の魂《たましい》が死にたいひとを呼んでいるんじゃないかって話です。なにしろ、首を吊ったまま三か月も誰にも見つけられなかったんです。その死者の怨念《おんねん》が死を招いているとか。まさか、その噂の真偽《しんぎ》を調べようとしているのでしょうか」

二十年前、御玉神社の裏の雑木林で、男に裏切られた若い女が銀杏《いちょう》の樹に縄を巻いて首を縊った。ところが、どういうわけか、その亡骸《なきがら》は三か月もの間見つからなかった。その間、何人もが雑木林に入ったはずだが、誰も気づいた者はいなかったのだ。

見つかったとき亡骸はすでに白骨化し、骸骨《がいこつ》がぶらさがっているようだと、当時の検死記録にあった。

それからおよそ二十年経った昨年の十月。近くの出合茶屋《であいぢゃや》から出てきた男女が池の畔《ほとり》を御玉神社のほうに歩いていて、銀杏の樹の枝にぶらさがっている男を見つけたのだ。

死んでいたのは、下谷《したや》広小路にある酒問屋の下男重蔵《じゅうぞう》だった。重蔵は病気を苦にして、ずっと塞《ふさ》ぎ込んでいたという。書置きはなかったが、南町奉行所定町廻り同心の植村京之進《うえむらきょうのしん》は重蔵が自ら首を縊ったということで始末をつけた。

ふたり目はそれから四か月後の今年二月、同じく神社の裏手にある雑木林の中で、平助《へいすけ》という薬の行商人の男が首を縊った。得意先の商家で空き巣を働いていたのを見つかり、町方から追われていたのだ。逃げきれないと観念した末の死だと思われた。

さらにふた月後。ちょうど十日前だ。金吉《かねきち》という瓦《かわら》職人が雑木林で倒れていた。首に縄が巻いてあったので首吊りでぶらさがっていた枝が折れて地面に落ちたと思われた。

賭場《とば》で大負けをし、にっちもさっちもいかなくなって死を選んだということだった。

その調べをしたのも植村京之進だった。

三人とも自ら死を選んだことに間違いはない。だが、世間の関心は二十年前の女の魂が三人の男の死を招いたのではないかということのようだ。

水川秋之進はその期待に応《こた》えようとしているのかもしれない。

水川秋之進の姿が不忍池のほうに消えてから、

「さあ、行こう」

と、剣一郎は声をかけて歩きだした。

二

初夏の細い月はすでに西の空に輝き、晴れ渡った夜空に星が瞬《また》いている。剣一郎はひとの気配に濡縁《ぬれえん》に出た。

暗い庭に影が動いた。旅装の商人ふうの男が立ち止まって、

「青柳さま。ただいま、帰りました」

と、腰を折った。

「新兵衛《しんべえ》か」

隠密同心《おんみつどうしん》の作田《さくだ》新兵衛である。

剣一郎は濡縁に腰を下ろした。新兵衛は庭先に近寄ってきた。

「ごくろうであった」

剣一郎はねぎらった。

「はっ。明日、奉行所でお知らせすべきかと思いましたが、早い方がよいのと奉行所でお話しして他の者に変に勘繰《かんぐ》られるのも困ると思いまして」

新兵衛は剣一郎の依頼で、半月ほど前に加賀藩領の城端に出かけていた。先立っての献上品窃取《けんじょうひんせつしゅ》の折、加賀藩に不審を抱き、その内情を探るためだった。当然のことながら奉行所内でも内密であり、このことを知っているのは年番方与力《ねんばんかたよりき》の宇野清左衛門《うのせいざえもん》だけだった。お奉行も知らない。

「で、どうであった？」

剣一郎は話を促《うなが》した。

「それが……」

新兵衛は暗い顔をし、

「善次郎《ぜんじろう》はすでに死んでいました」

と、口にした。

「なに、死んだと？」

剣一郎は耳を疑った。

「はい。五箇山《ごかやま》へ行く途中の崖《がけ》から誤《あやま》って転落したそうにございます」

「転落だと？」

剣一郎は俄《にわ》かに信じられなかった。

越中五箇山で生産された生糸《きいと》を原料に加賀城端で絹織物《きぬおりもの》を作っている。善次郎は城端の絹商人で、販路を求めるために江戸にやって来ていた。

加賀藩から将軍家への献上品が窃取された事実が発覚したのはふた月ほど前の二月のことだった。

たまたま善次郎が路上で岡っ引きから逃げる男とぶつかって、相手が反物《たんもの》を落とした。善次郎はそれ見て、反物は加賀藩が将軍家に献上したはずの品だと言った。

そのことがきっかけでお城の富士見御宝蔵《ふじみおたからぐら》から加賀友禅《ゆうぜん》の反物が盗まれたことがわかり、さらに剣一郎が調べを進めたことで、献上品の窃取、横領が明るみに出た。

御納戸組頭《おなんどくみがしら》の大木戸主水《おおきどもんど》が中心となって献上品を盗み出し、それを売り払っていたのだ。

その利の一部は老中《ろうじゅう》の磯部相模守《いそべさがみのかみ》に渡っていたと思えるが、幕府の重臣の関与まで明らかにすることは出来なかった。

しかし、妙なことがわかった。

判明した献上品窃取の手口は、献上品を受け取ったあと、受け取り台帳を改竄《かいざん》し、富士見御宝蔵に収める前に盗み出すというものだ。

ところが、加賀藩献上の加賀友禅は富士見御宝蔵に収められた後で、盗まれたのだ。加賀藩が献上したのはおよそ一年前。なぜ、一年近く経《た》ってから盗み出したのか。

加賀友禅の反物を欲しがっている者がいることを知った組頭らが御宝蔵に収蔵されている加賀前田家の献上品を盗ませたということで表面上は決着を見た。

しかし、剣一郎は加賀友禅の反物を欲しがったのは前田公自身ではなかったかという疑いを抱いた。

なぜ、前田公がいったん献上した品物を、一年近く経った後に策を弄《ろう》してまで取り戻そうとしたのか。もちろん、その事実は確かめられたわけではなく、また確かめようもない。前田公がそのことを認めるはずはなかった。

今のところ、問題の献上品は無事に富士見御宝蔵の元あった場所に収められている。だが、その時抱いた疑問が、剣一郎をこの件に向かわせたのだ。

件《くだん》の善次郎は事件の最中に、加賀前田家の用人《ようにん》から善次郎の主人に宛てた手紙を託《たく》され、急遽《きゅうきょ》予定を変えて城端に戻ってしまった。その点にも何らかの工作を嗅《か》ぎとった剣一郎は、善次郎を訪ねるよう新兵衛に頼んでいたのだ。

「死んだのはいつだ？」

善次郎の死についてきいた。

「二月の末に行方知れずとなり、谷底で倒れているのが見つかったのは三月の初めとか。死んでから、十日ほど経っていたようです」

「ほんとうに誤って落ちたのか」

「そういうことになっておりますが、仲間の絹商人は善次郎は五箇山への峠《とうげ》道は何度も通って馴《な》れているのに足を滑らせるとは考えられないと言っています。でも、事故以外のことも考えられないと。身投げするはずはないし、殺される理由もないと……」

新兵衛はそう答えたあと、五箇山は加賀藩領の山間《やまあい》の集落であり、主な産品のひとつが養蚕《ようさん》だった。この地で生産された生糸を原料に、城端では絹織物を作っている。

「善次郎が転落したと思われる場所に行ってみました。ふつうに歩いていてはそこは通りません。わざわざ、善次郎は危険な崖のふちまで行って落ちたのです」

「引っ掛かるな」

「はい。私も誰か連れがいたのではないかと。しかし、仲間が言うには、ひとりで五箇山へ出発したそうです」

「五箇山へは何しに行ったのかわかるか」

「誰かに呼ばれたようだと言っていました。しかし、その誰かを善次郎は口にしなかったそうです」

新兵衛は続けた。

「さらに、五箇山にも行き、善次郎を呼んだ者に心当たりがあるか訊《たず》ねたのですが、誰も見つかりませんでした。善次郎は穏《おだ》やかな人柄で、他人から恨《うら》みを買うような男でもなく、また誰とももめごとを起こしてはいなかったということです」

実際に会って話した印象も、誠実でまっとうな男だったと、剣一郎は思い出した。

「お耳に入れておいた方がよいかと存じますが」

「なんだ？」

「善次郎のかみさんは、江戸から帰ってきて善次郎は何か悩んでいたようだと言ってました」

「悩んでいた？」

「はい。しかしかみさんがきいてもなんでもないと答えていたそうです。かみさんもそれが気がかりだったものの、やはり自ら命を絶つような様子ではなかったと」

「何か悩んでいたというのは江戸から帰ってきたときからか、それとも帰ってしばらく経ってからか」

「かみさんは数日経ってから悩んでいることに気づいたということです」

「帰った当初は悩んでいる様子はなかったのか」

剣一郎は首をひねった。

「気になることが……」

「なんだ？」

「かみさんが言うには、帰って数日後、金沢《かなざわ》から友禅作家の宮田清州《みやたせいしゅう》の弟子の友蔵《ともぞう》という男が善次郎を訪ねてきたそうです。その後、善次郎が考えこむようになったのかもしれないと」

「どんな用だったかはわからないのか」

「善次郎はそのことについても何も言わなかったそうです」

新兵衛は眉根《まゆね》を寄せ、

「その後金沢にまわって宮田清州のところに寄ってみました。ところが、弟子に友蔵という男は確かにおりましたが、城端には行っていないというのです。それに、かみさんが話していた友蔵の人相《にんそう》とも違っていました」

「妙だな。師匠の宮田清州には会ったのか」

「それが、ちょうど京に出かけておりまして留守《るす》でした」

「京まで何をしに？」

「京友禅の作家の法事《ほうじ》があるということでした。しかし……」

新兵衛は口を濁《にご》した。

「何か不審でも？」

「ええ。他の友禅作家にきいてみたのですが、京友禅の作家の法事など聞いていないと」

「そのようなことがあれば、知っているはずだと？」

「はい。宮田清州が弟子たちに嘘をついたのか、あるいは、弟子たちが宮田清州に会わせまいと私に嘘をついたのか」

新兵衛は戸惑《とまど》いぎみに答え、

「ためしに弟子に、将軍家に献上した加賀友禅のことをきいたのですが、なんとなく口が重いようで……」

「献上品の秘密について何か知っているのだろうか」

剣一郎は厳しい表情になった。

「善次郎の主人には会ってきたか」

「はい。やはり、善次郎が五箇山に行った用向きは知りませんでした。実は、善次郎が江戸から帰るときに青柳さまに言っていたという、前田家の用人から託された文などなかったようです」

「なに、受け取っていないと言うのか」

「はい」

「用人から文を頼まれたというのは嘘だったのか……」

なぜ、善次郎は嘘をついたのか。

「用を果たせず帰ることにためらいがあったのですが、ともかく一刻も早くこのことをお知らせすべきかと思いまして」

「うむ。助かった。ごくろうであった。帰ってゆっくり休むがよい」

「はっ」

隠密同心の新兵衛は再び庭の暗闇《くらやみ》に消えて行った。

やはり、加賀藩で何かが起こっている。剣一郎は一瞬夜風がひんやりと肌に触れたのを感じた。

翌朝、出仕《しゆつし》した剣一郎は年番方与力の宇野清左衛門の部屋に向かった。

年番方の部屋に行くと、いかめしい顔をして清左衛門は文机《ふづくえ》に向かっていた。

「宇野さま。よろしいでしょうか」

と、声をかけた。文机に向かっていた清左衛門は振り向き、

「青柳どのか。ちょうどよかった。わしも呼ぼうと思っていたのだ」

と言い、厳しい表情のまま筆を置いて立ち上がった。

清左衛門は金銭面も含めて奉行所全般を取り仕切っている、奉行所一番の実力

者である。

「向こうへ」

清左衛門は部屋を出て行く。

剣一郎は清左衛門のあとに従い、隣の部屋に入った。

差し向かいになって、清左衛門は声を落とした。

「新兵衛が戻ったな」

「はい。昨夜、話を聞きました」

「どう思う?」

善次郎が死んだことだ。

「素直には受け入れがたい話かと」

「うむ。どうにも腑《ふ》に落ちぬ」

清左衛門は憤然《ふんぜん》と言う。

「おそらく、何者かに五箇山に呼ばれて行く途中、突き落とされたのではないでしょうか?」

剣一郎は昨晩から抱いていた想像を口にした。

「やはり、献上品絡《がら》みか」

「そうだと思います。善次郎は前田家の用人から主人宛ての文を託されて急ぎ帰郷すると言ったのです。しかし、実際にはその文すらも存在しなかった。献上品の加賀友禅の反物だと見抜いたことで江戸から帰されたのだと思っていましたが、殺すために加賀に戻されたように思えます」

「善次郎は何か大事なことを知っていたのだな」

「善次郎のおかげで献上品窃取のことが明るみに出たのです。それを隠したままにしたかった勢力にしてみれば、よけいなことをしてくれたと善次郎を恨んだだけでなく、さらに何か秘された事柄についての口封じの意図もあったのではないでしょうか。それで始末したのでは……」

「秘密とは何か」

「皆目見当《かいもくけんとう》もつきません。加賀藩で今何が密《ひそ》かに行なわれているのかを知らねばなりません」

「しかし、大名家のことを調べるにはやはり、奉行所の隠密同心では限りがある。やはり、大目付《おおめつけ》どのに」

「いいえ。大目付どのに話せば、老中に伝わってしまいます」

「うむ」

大目付に会いに行くことも考えた。今では諸大名を監視するという役割も薄らいでいたが、それでも諸国のことは耳に入っているだろう。

だが、大目付は老中の支配下にある。大目付から老中に話が伝わる恐れがあった。幕閣《ばっかく》の中に献上品窃取と関わった人物がいたからだ。

剣一郎の脳裏《のうり》に浮かんだのは、将軍直属の御庭番《おにわばん》だった。御庭番は江戸城内庭の巡察をするとともに将軍の命《めい》を受けて諸大名の動静を探るのを役目としていた。

「やはり、ここは御庭番に」

「御庭番……」

「宇野さまは御庭番に伝《つて》はございませんか」

剣一郎は清左衛門の顔の広さにかけた。

「しかし、御庭番は上様の命を受けて動くのだ」

清左衛門は困惑した顔をした。

「しかし、幕閣にも我らの動きを悟られずに動いてくれるのは御庭番しかおりません」

「御庭番とな」

清左衛門はもう一度呟いた。

「うむ。おるにはおるが」

清左衛門は声を上げた。

「お引き合わせ、願えませんか」

剣一郎は身を乗り出した。

「よし、当たってみよう」

「お願いいたします。もし、あとで問題になったときはすべて私の罪に……」

「青柳どのはそのような心配は無用。何があろうが、一切の責任はわしにある」

清左衛門は微笑《ほほえ》んだ。

「宇野さま」

剣一郎は頭を下げた。

それから半刻（一時間）後、本町《ほんちょう》一丁目にある『越中屋』にやってきた。

客間に通されて、剣一郎は甚右衛門と差し向かいになった。恰幅《かっぷく》のよい大柄な男だ。

「絹屋の善次郎のことで伺《うかが》いたい」

剣一郎は切り出した。

「善次郎さんですか」

甚右衛門は眉根を寄せた。

「善次郎は亡くなったそうだな」

「青柳さまもご存じでしたか」

「うむ。加賀から帰ってきた者がおり、五箇山へ向かう峠道の途中にある崖から善次郎が転落したと知って驚いた次第」

「私どもも、善次郎に代わって江戸にやって来た絹商人からきいてびっくりいたしました」

「そなたも城端の出だそうだな」

「はい。さようでございます」

「五箇山へ向かう峠はそんなに難所なのか」

「いえ、通る道はさほどでもありません。もしかしたら景色を眺めようと、脇道に逸《そ》れて足を踏み外してしまったのかもしれません」

「何度も通っているのに、景色を眺めたくなるのか」

「しばらく江戸にいたので、見慣れた景色も新鮮に思えたのではないでしょうか」

「なるほど」

　剣一郎は素直に頷き、

「江戸に来ていた善次郎は途中で帰郷した。なぜ、善次郎はあわただしく江戸を引き払ったのか」

「前田家の用人さまから主人宛ての文を託されたと言っていました」

「そうか」

　やはり、甚右衛門にも同じ嘘を言っていたのだ。前田家の用人から文を預かったというのは善次郎の偽《いつわ》り話だった。

　だが、善次郎の主人が新兵衛に嘘をついたということも考えられる。前田家の用人に確かめることも考えたが、正直に答えるかどうかわからない。それより、なぜそのことに関心を示すのか、勘繰られたくなかった。

「善次郎の代わりにやって来た者はいまも滞在しているのか」

「いえ。もう引き上げました」

「では、今は城端から来ている者は誰もいないのか」

「はい」

「そうか。わかった。邪魔した」

「青柳さま。善次郎のことで何か」

甚右衛門が探るようにきいた。

「いや。さっきも言ったように、善次郎が死んだときいたので驚いただけだ」

剣一郎は立ち上がった。

『越中屋』の外に出たとき、何者かの視線が背中に注がれているのに気づいた。

この『越中屋』は前田家とどれほどのつながりなのか調べる必要があると思った。


翌朝、出仕《しゅっし》した剣一郎は年番方与力の宇野清左衛門に呼ばれた。

年番方の部屋に行き、声をかけると、文机に向かっていた清左衛門はすぐ立ち上がった。また、隣の部屋に移動する。

部屋の真ん中で、剣一郎は清左衛門と差し向かいになった。

「例の件だが」

清左衛門は声をひそめて切り出した。

御庭番のことだ。つなぎがとれたのだろうかと、剣一郎は清左衛門の表情を窺った。

「先方が会ってくださるそうだ。矢野淳之介《やのじゅんのすけ》という両御番格《りょうごばんかく》の御庭番だ」

両御番とは御小姓《おこしょう》番と御書院《ごしょいん》番のことで、両御番格の御庭番は御目見《おめみえ》以上で二百表を給せられている。

「矢野淳之介どのですね」

剣一郎はほっとして確かめる。

「明日の昼前、谷中《やなか》にある天正寺《てんしょうじ》に来て欲しいということだ」

内密での対面を望んだので、御庭番の住まいがある桜田《さくらだ》御用屋敷以外の場所を申し入れていた。

「わかりました」

剣一郎は答えてから、

「長谷川《はせがわ》さまのほうはだいじょうぶでしょうか」

と、気にかけた。

長谷川四郎兵衛《しろべえ》は内《うち》与力である。内与力はもともとの奉行所の与力でなく、お奉行が赴任と同時に連れて来た自分の家臣だ。

四郎兵衛がこのことを知れば、当然お奉行に伝える。お奉行は登城し、老中と会う。その際に、この件を漏らさないとも限らない。そのために、四郎兵衛にも内密に話を進めていた。

「心配ない。先方にもあくまでもわしと青柳どのしか関わっていない、秘密裏《り》のことと伝えてある」

「わかりました。お奉行を騙《だま》すようで気が引けますが、老中の磯部相模守さまのことを考えると、いたしかたありません」

「そなたが気に病《や》むことはない。責任は一切わしがとる。青柳どのにはなんの心配もなくことに当たってもらいたい」

「畏《かしこ》まりました」

剣一郎は一礼をし、腰を浮かせかけたとき、

「青柳どの」

と、清左衛門が眉根を寄せて声をかけた。

剣一郎は腰を戻した。

「何か」

言い淀《よど》んでいる清左衛門を促す。

「北町の水川秋之進を知っているな」

「はい。何度かお会いしましたので」

「近頃、俄かに水川どのの評判が高まっている」

「そのようですね」

「知っておったか」

清左衛門は意外そうな顔をした。

「はい。なにやら、瓦版が書き立てていると」

「北町の青痣与力と称されたことに、水川どのは不快感を示したらしい。青柳どのは青柳どの。私は私でしかない。そう言ったことも伝わり人々に支持されているようだ」

清左衛門は渋い顔で言う。

「若い者があとからどんどん頭角《とうかく》を現わすことは喜ばしいことではありませんか」

かえって、剣一郎がなだめることになった。

「宇野さま。瓦版が勝手に煽り立てているだけで、私もそうですが、水川どのもそんなこと気にしていないと思います。一時のことで、そのうち静まりましょう」

「そうとは思うが……」

清左衛門はため息をつき、

「ただ、水川どのが携《たずさ》わったのは小さな事件ばかりで、ほんとうの難事件を解決させたとは言えない。それを瓦版は大仰《おおぎょう》に報じている。そのことが気に食わん」

「よいではありませんか。面白く報じるのも商売ですから」

剣一郎は清左衛門までがそんな噂に踊らされていることに半ば驚《なか》いた。と同時に、青痣与力という周囲が勝手に作り上げた虚像《きょぞう》が、大きくなっていることを思い知らされた。

「それはそうだが」

不服そうに、清左衛門は続けた。

「お城の中之間《なかのま》で、青柳どのと水川どのの噂になったそうだ」

将軍の公邸である中奥《なかおく》の手前に老中御用部屋がある。その部屋と廊下《ろうか》を隔《へだ》てて中之間があり、寺社《じしゃ》奉行や大目付、町奉行や勘定《かんじょう》奉行が控える場所だ。

「お歴々方《れきれきがた》が暇《ひま》に飽かしてのことであろうが、どっちが上かで盛り上がったとか。うちの奉行も北町のお奉行も加わっていたときいた」

「そうですか」

剣一郎は微《かす》かに眉を寄せた。

世間で取り沙汰《ざた》されていることを話の種に取り上げたのかもしれないが、そのような所で話題にのぼることはいささか不本意《ふほんい》だった。

「まさか、お奉行同士で自慢し合ったりなど……」

剣一郎は懸念《けねん》を口にした。

「じつは、そうらしい。長谷川どのが言うには、両奉行ともかなり熱くなっていたそうだ」

「困ったものですね」

剣一郎はため息をつき、

「宇野さま。どうか、お奉行によくお伝え願えませんか。そのようなことで対立することは決してよいことではありません。その当人はまったく気にしていませんし」

「そうだな。わかった。そのようにお話ししておこう」

「お願いいたします。では」

剣一郎は改めて頭を下げて立ち上がった。

与力部屋に戻りながら、剣一郎は気を重くしていた。

三

翌日の朝、剣一郎は濡縁で髪結いに月代《さかやき》を当たってもらっていた。朝陽《あさひ》が射《さ》し込み、庭の植込みを伝わってくる風も気持ちがよい。

「御玉神社の首縊りの件、ご存じでいらっしゃいますか」

髪結いが口を開いた。

「もちろんだ。それがどうした？」

「その件で、北町の水川さまが動きだしたそうです」

「水川秋之進どのが？」

剣一郎はきき返す。

「はい。首縊りの真相を調べるために、御玉神社に出かけたということです」

剣一郎は先日水川秋之進を池之端仲町で見かけたときのことを思い出した。御玉神社に行くのではと、源太郎も言っていた。

「しかし、首縊りの真相と言っても……」

植村京之進が調べ、自害ということでけりがついていた。

「どうして水川どのが調べ始めたのだ？」

「水川さまのお屋敷に、御玉神社の氏子《うじこ》のひとりがやって来て、もう一度三人の首縊りについて調べ、二十年前に死んだ女の呪いとは無関係だと明らかにしてくれと訴えたそうです。神社のほうも妙な噂が立って迷惑を被《こうむ》っていたとか」

「神社の氏子が？」

氏子がなぜ水川秋之進に話を持っていったのか。

「それで……」

「今はまだお調べの途中のようです」

「うむ」

「でも、あっしはちょっと気に入りません」

髪結いが少しむっとした口調で続ける。

「どうしたのだ？」

「ええ」

髪結いは言い淀んだが、

「瓦版ですよ」

「何か気に障《さわ》ることが書いてあったのか」

「その、御玉神社の氏子に頼まれて、水川さまが御玉神社の首縊りの件を調べ始めたことが書いてあるんです」

「それがどうした?」

「あっしが気になったのはそのあとです」

髪結いは間を置いて、

「御玉神社の氏子が青痣与力ではなく水川秋之進を頼ったことで、すでに世の中は水川秋之進の時代に入ったことを物語っている、と……」

と、悔しそうに言った。

「若い者が旧《ふる》い者を追い越して行くのは当然のこと。何も、腹を立てることではない」

「でも……」

「水川どのは、わしよりも有能な与力だという。そういう与力が現われたことは喜ばしいことだ。そなたも、そのようなことであわてることはない」

「ですが」

髪結いはなおもぐずぐずしていた。

「わしのことを心配してくれるのはありがたいが、そんなことでそなたの気持ちが荒れてはわしも申し訳なくなる」

「とんでもない。あっしが勝手に思っていることですから」

「まあ、気にするな」

「へい」

それから髪結いは言葉少なくなって髷を結い直した。

髪結いが引き上げてから、妻女の多恵《たえ》の手を借り、裃《かみしも》に着替えた。

「なかなか世間さまはうるそうございますね」

多恵が手伝いながら言う。

「うむ？」

「北町の水川さまのことです」

「そなたの耳にも入っていたのか」

「わざわざ知らせに来てくれるひとがいるのです。皆さん、青痣与力が水川さまの風下《かざしも》に立つことが納得出来ないようです」

「困ったな」

剣一郎は呟いた。脳裏を太助《たすけ》の顔が掠《かす》めた。

「太助さんのことを考えたのですね」

多恵は勘《かん》が鋭《するど》い。

「うむ。今夜あたり、太助が血相《けっそう》を変えて駆け込んできそうだ」

太助は猫の蚤《のみ》取りや行方不明になった猫を探すのを商売にしているが、ひょんな縁から剣一郎の手足となって働いてくれていた。

剣一郎を子どもの頃から慕《した》っているのだから、太助は心穏やかではないだろう。またひとつ、憂鬱《ゆううつ》なことが増えた。

自分と関係ないところで皆が勝手に騒いでいる。周囲の人々を巻きこんで、人心を騒がせることを、剣一郎は望んでいなかった。


御庭番の者に会うため、昼前に、剣一郎は編笠《あみがさ》をかぶり、着流しで谷中にある天正寺の山門をくぐった。

こぢんまりした境内《けいだい》は掃除《そうじ》が行き届いていて落ち着いた風情《ふぜい》だった。剣一郎が本堂のほうに向かうと、庫裏《くり》から若い僧侶が出てきた。

剣一郎が編笠をとるのを見て、その僧侶が近づいてきた。

「青柳さまでございますね」

微笑《ほほえ》みながら訊ねてきた。

「そうだ」

「どうぞ」

僧侶は先に立って歩きだした。

案内されたのは庫裏に上がった庭に面した部屋だった。

そこに、商人ふうの装いに身を包んだ、細身の三十半ばぐらいの男が待っていた。目尻が下がり、穏やかな顔つきだ。だが、眼光には商人らしからぬ鋭さがあった。

剣一郎は向かいに腰を下ろし、

「矢野淳之介どのですか」

と、確かめた。

「はい。用心のためにこのような格好で参りました」

矢野淳之介は頭を下げた。

「このたびは我らの願いをお聞きくださり、ありがたく存じます」

「いえ。私の父が宇野さまとはご懇意《こんい》にさせていただいておりましたので」

「そうでしたか」

どういう伝《つて》で御庭番と繋ぎをとったかまでは、清左衛門は言っていなかった。

「青柳さまのお望みとお聞きし、お会いするよい機会と思いまして。じつは私は、青痣与力と世間から讃《たた》えられる青柳さまに、畏敬《いけい》の念を抱いておりました」

淳之介の顔はやや上気《じょうき》していた。

「恐縮《きょうしゅく》です」

剣一郎は頭を下げた。

「ちょうど命じられたお役目を果たしたばかりで手が空いております。なんなりと申し付けください」

「上からの命令ではなく勝手に動いて大事《だいじ》はないのですか」

剣一郎は心配した。

「上役《うわやく》も青柳さまのことを知っており、青柳さまが我らの手を借りたいというのはよほどのことがあったに違いないと申しておりました」

「そうですか」

「ですから、気兼ねはいりません。なんなりと仰《おお》せつけください」

淳之介は身を乗りだすように言った。

「かたじけない」

開け放たれた障子《しょうじ》から庭が見え、寺男が箒《ほうき》を持って掃《は》いていた。

「あの者は配下の者です。不審な者が近づかないか見張っております」

さすが御庭番は抜かりがないと、剣一郎は感心した。

「さっそくですが。お調べになりたいのは、加賀藩のこととか」

淳之介が切り出した。

「そうです。昨今の加賀藩の内情を知りたいのです。もちろん、奉行所が調べているとわかったら大きな問題になりましょうし、また奉行所がそこまでするのはお門違《かどちが》いでもあります。そのことを踏まえた上でもやはり知りたいのです」

剣一郎は淳之介の顔を見つめ、

「献上品窃取の件はお耳に入っていると思いますが、加賀藩献上の品物だけが窃取の手口が異なっていました」

「ほとんど献上品を受け取ったときに盗まれているのに、加賀友禅の反物だけ一年近く経って富士見御宝蔵から盗まれているのですね」

淳之介が口をはさんだ。事情にはある程度通じているようだ。

「そうです。盗んだ献上品を売りさばいていた呉服屋の『近江屋《おうみや》』に、加賀友禅の反物が手に入らないかと客からの注文が入ったそうです。それで、御納戸組頭は配下の者に富士見御宝蔵から盗ませた」

「加賀友禅の反物だけは客の望みで盗んだというのですね」

「そうです。その反物はいったん『近江屋』の土蔵に仕舞われましたが、それを盗んで古着屋で金に換えようとした者がいました。そのおかげで、我らがその加賀友禅の反物を目にすることが出来たのですが」

剣一郎は間を置いて付け加えた。

「問題はその加賀友禅の反物を欲した客が誰かということです」

「わかったのですか」

「いえ。『近江屋』に現われた客は、その後の調べでもわからなかった。しかし、この献上品の加賀友禅を欲した人物は前田公ではないかと、私は疑っております」

「なんと、前田公ご自身が？」

淳之介が目を見開いた。

「はい。私はそう睨《にら》んでいます」

「しかし、自分が献上したものを自分で取り返す。なかなかふつうでは考えられないことが、なぜ行なわれたのでしょうか」

淳之介は疑問を口にした。

「それが最大の謎《なぞ》でした」

剣一郎は間を置き、

「いくつか仮説を立てることは出来ます。ひとつは、糸のほつれや模様の乱れなど、あの反物に不具合があることに気づいた場合です。しかし、献上してから一年近く経ってそのことに気づくのは不自然でありましょう。仮にそうだとしても、正直に事情を明かして新しい反物と交換してもらえばいい」

「確かに」

「他には、献上してずいぶん経っているのに将軍家がお使いになる気配がない。このままでは極上の反物が他の大名・旗本に下賜《かし》されるかもしれない。あれほどの反物を将軍家以外の者に渡すことは出来ないと……」

「なるほど」

「しかし、二度と作れないほどの反物だったのか。仮にそれほどの反物だったとしても、いったん献上したものがどう使われようがかまわないはず」

淳之介は頷く。

「さらに考えれば、加賀藩が献上品が市中に出回っていることに気づいた場合です。これは城内で窃取が行なわれているに違いないと考えた。だが、その証《あかし》がなく、そこであえて盗んだ献上品を売りさばいていた『近江屋』に加賀友禅の反物の話を持ち掛けた。その反物が手に入ったら窃取が行なわれているとはっきりする。悪事の証を手に入れることができる……」

剣一郎は息継ぎをし、

「しかし、そこまでしなくても献上品窃取の疑いを老中に訴えればよいはず。まさか、老中の中に黒幕がいると思ってはいなかったでしょうし」

「老中に黒幕とは？」

淳之介が口をはさんだ。

「じつは御納戸組頭の大木戸主水が一切の責任を負って自害をいたしました。ですが、西の丸御納戸頭の高木哲之進《たかぎてつのしん》、そしてさらに老中の磯部相模守さまが……。いえ、証はなく、磯部さまを追い詰めるまでいたっておりませんが」

「そうですか」

淳之介は厳しい顔で応じた。

「最後になりますが、私は今から述《の》べる推量が当たっているのではと考えています」

剣一郎は続けた。

「あの反物には、何か秘密が隠されていたのではないか。そして、それは加賀藩にとって幕府に知られては大きな痛手になるほどのもの。だから、前田公は反物を取り戻そうとした」

「………」

「盗まれた反物は奉行所から御納戸役に渡されました。しかし、御宝蔵に収められる前に、真贋《しんがん》を確かめるため、一旦加賀藩に預けられた。その際に品物はすり替えられたと考えられます」

「なぜ、加賀藩に害をなすような秘密が隠された反物が献上品にされたのでしょう？」

「加賀藩内に前田公を貶《おとし》めようと目論《もくろ》む勢力がいるのではないかと」

「前田公を貶める？」

「あくまでも想像でしかありませんが、今加賀藩で何か起こっているのではあるまいか。後継ぎの件などで御家騒動《おいえそうどう》がありやなしや……」

「うむ」

淳之介は唸《うな》った。

「矢野どの。今、加賀藩で何が起きているのかを教えていただきたいのです」

「わかりました。加賀藩を探索している者が近々帰ってくる予定です。帰ってきたら、その者とお引き合わせをいたします」

「よろしくお願いいたします」

剣一郎は頭を下げた。

「ひとつお訊ねしたいのですが」

淳之介が口を開く。

「献上品窃取の件が先にあって、そのことに気づいた前田公がそれを利用して加賀友禅の反物を取り返そうとしたというわけですね」

「そうです」

「献上品窃取の件では黒幕と思われる磯部相模守さまには手が及ばなかったと。相模守さまのほうには手をつけなくてよろしいのですか」

「残念ながら、相模守さまを追い詰めるのは難しいと言わざるを得ません。先ほども申しましたように、御納戸組頭の大木戸主水が一切の罪を背負って死んでしまったからです」

「西の丸御納戸頭だった高木哲之進どのはどうなったのですか」

「職を解かれ、小普請《こぶしん》に配属されました」

「高木哲之進どのは磯部さまが関与していたことは口を開かなかったのですか」

「高木は献上品窃取には関与していないとのこと。あくまでも大木戸主水の悪事を見抜けなかった責任を負わされただけなのです」

「でも、青柳さまは高木どのも一味だったと考えておられるのですね」

「そうです」

「小普請に落とされた高木どのは不遇《ふぐう》をかこっているわけですね。高木どのは今からでもほんとうのことを話す気にならないでしょうか」

淳之介は鋭い顔つきできく。

「残念ながら。おそらく、相模守さまと何らかの密約が出来ていると思われます」

「密約？」

「相模守さまを守れば、ほとぼりが冷めたとき、元の地位以上に復すとか」

「なんと」

淳之介は目を剝《む》いた。

「では、そちらの件は手をこまねいているしかないのですか」

「今のところは牽制《けんせい》の意をこめて、目を光らせていることしかできません」

剣一郎は首を横に振り、

「実はもうひとつ気になることがあります。私が引っ掛かっているのは、どうやって前田公が献上品窃取のことを知ったかということなのです」

「と、仰《おつしや》いますと」

「確かに、反物以外の献上した品物が市中に出回っているのを見つけ、加賀藩で献上品窃取の疑いを持って密かに調べてわかったとして、それが献上された品物だとどうしてわかったのか。世にたったひとつしかないものならわかりますが、何故わかったのかを不思議に思うようになったのです」

「すると、どういうことに？」

「前田公は献上品窃取のことを知っている者から聞いた、あるいは献上品窃取のことを前から知っていた……」

「まさか、加賀藩も献上品窃取に絡んでいると？」

淳之介は思わず声を高めてから、はっとしたように庭に目をやった。淳之介の配下の男が庭を掃除している。

「いえ。そうは言い切れません。しかしやはり、献上品窃取の一味から聞いたのではないでしょうか」

「一味とは誰でしょうか」

「前田公が聞くことが出来る相手といえば……」

「まさか、老中の磯部相模守さま」

「現段階では、あくまでも想像でしかありません」

淳之介はふと気がついたように、

「最前、市中に出回っているものが献上品だとは簡単にはわからないと仰っておいででしたね。だとしたら、青柳さまは加賀友禅の反物がどうして献上品だとわかったのでしょうか」

「仰るとおりです。そのために、加賀友禅の反物がどうやって我らの目に触れたのかをもう少し詳しくお話しいたします」

剣一郎はそう言ってから、

「事件の発端は、大木戸主水の配下の者が自分の扱いへの不満から『近江屋』に盗っ人を忍び込ませて加賀友禅を盗み出したことでした。盗っ人はその品物を古着屋に売り払おうとして叶《かな》わず、逃げる途中、ある男とぶつかって品物が落ち、反物が覗いた。そのぶつかった相手というのが、加賀藩領の城端からやって来た絹商人の善次郎という者でした」

「城端とは確か五箇山の隣の町ですね」

「そうです。五箇山で生産された生糸を原料に絹織物を作っているのです。善次郎は城端産の加賀絹の販路を江戸に求めるためにやって来たということでした。その善次郎がたまたま反物を目にしたから献上品とわかったのです」

「すると、善次郎とぶつからなければ献上品の加賀友禅だとは気づかないままだったというわけですね」

「そういうことです。献上品窃取が行なわれていることもわからなかったでしょう。また、配下の者が不満をもたなければ、窃取した加賀友禅はすんなり買い手である前田公に渡っていたはずなのです。前田公にしたら、思いも寄らぬ事態が起こった。しかし結局、反物は当初の思惑どおり、前田公の手に戻りました。一方で、献上品窃取の事実が明るみに出てしまった。このことが前田公にとってよいことだったか否《いな》か」

「やはり、献上品窃取と加賀藩との関わりに疑いがあるということですか」

淳之介はため息をついて言う。

「はっきり言えば、磯部相模守さまと前田公の関わりです。ですが、相模守さまを調べることは難しい。しかし、加賀藩で今何が起きているかを探ることによって相模守さまのこともあぶり出されてくるような気がしています」

「なるほど。その意味でもまずは加賀藩ですね」

「そうです」

「よく、わかりました。加賀藩に潜入している者が帰ってくれば何かがわかるように思います。私もこの件に関わっていきます」

淳之介は闘志を見せた。

「あなたにやっていただけると心強い」

剣一郎は話していて淳之介の有能さを感じ、全幅《ぜんぷく》の信頼がおけると思った。

「最後に、城端の絹商人の善次郎のことです」

剣一郎は切り出した。

「善次郎は反物を見て、それが加賀の友禅作家の第一人者である宮田清州が染めたものだとすぐ見抜きました。それで献上品だとわかったのですが、宮田　某《なにがし》の作というだけで、献上品と判じられるものなのか」

「…………」

「献上品とされるぐらいの名工であれば、宮田の作はいくつもあるでしょう。それが献上品だとすぐに結びつかないのではないかと思うのです」

「献上品独特の織り方か、あるいは模様とか？」

「そうかもしれません。だから、善次郎はすぐ献上品だとわかったのではないか」

「加賀藩領から帰った朋輩《ほうばい》が再び加賀藩領に戻ったら、善次郎に会ってこの件を確かめさせます」

「いや、それは叶いません」

「どういうことですか」

「善次郎は死にました。五箇山へ向かう途中、誤って崖から転落したそうです」

「なんと」

「不自然な点があり、誤って落ちたとは思えません」

そのことを詳しく話した。

「わかりました。その者に死の真相も調べさせます。場合によっては、私が出向きます。今お伺いしたことを上役にお話ししてよろしいでしょうか」

「私の考えがすべて正しいとは限りません。そのことを十分にお話しください」

「畏まりました」

淳之介は応じてから、

「青柳さまのお力になれること、うれしい限りです。必ずやご期待に添えるように……」

と、意気込んで言った。

それから、少しお互いのことを話して、剣一郎は先に立ち上がった。

庫裏の外に出ると、庭を掃除していた男が境内にいた。不審な者がいないか見回ってくれていたようだ。

剣一郎はその男にも軽く会釈《えしゃく》をし、編笠をかぶって山門を出て行った。

四

その夜、夕餉《ゆうげ》をとって庭に面した部屋に戻ると、庭先に太助が立っていた。

「来ていたのか」

やはり噂をすればやって来たと、剣一郎は笑みを浮かべた。

「青柳さま、あっしは悔しい」

太助は剣一郎を見上げながら、無念そうに言った。

「どうしたのだ？」

太助が言いたいことはわかっていたが、とぼけてきく。

「どうもこうもありません」

太助は悔しそうに言い、

「瓦版になんて書いてあると思いますか」

と、むきになってきいた。

「別に聞かなくていい」

「えっ」

太助は一瞬唖然《あぜん》とした。

「それより、夕餉はまだだろう。早く食ってこい」

「…………」

「ほら、腹の虫が鳴いている」

「そんなこと……」

あわてて、太助は自分の腹を押さえた。

が、すぐ我に返ったように、

「瓦版です。青痣与力が逃げた御玉神社の首縊りの謎に、北町の水川秋之進が果《か》敢《かん》に挑んだと、瓦版に書いてあったんです」

と、太助は口にした。

「そのようなものにいちいち心を乱すな。黙殺《もくさつ》すればよい」

「そうはいきません。青痣与力が逃げただなんて」

太助は憤慨《ふんがい》し、

「いい加減なことを書くなと瓦版屋に文句を言いに行ったんです。そしたら、ひとから聞いたままを書いているだけだと吐《ぬ》かしやがった」

「瓦版屋も商売だ。面白おかしく大仰に書かねば売れ行きも悪くなりかねない」

「そうは言っても、よりにもよって逃げただなんて」

太助は不服そうに口をとんがらせた。

「その話は飯を食ってからだ。早く、食って来い」

「でも、いつもいつもご馳走《ちそう》になっているんじゃ……」

「こっちは毎日でも構わんのだ」

「すみません。じゃあ、行ってきます」

濡縁から離れようとした。

「待て。ここから上がっていけばいい」

「いえ、足を濯《すす》がないと汚れてますんで」

そう言い、庭をまわって勝手口に行った。

ある事件が縁で剣一郎の手先として働いてくれるようになったが、太助とはずっと昔に会っていた。

ふた親が早死にし、十歳のときから蜆《しじみ》売りをしながらひとりで生きてきた太助は、寂しさと仕事の辛《つら》さにくじけそうになったときがあった。そんなとき、たまたま剣一郎と出会ったのだ。

「おまえの親御はあの世からおまえを見守っている。勇気を持って生きれば、必ず道は拓《ひら》ける」

剣一郎はそう太助を励ましたことを覚えている。その言葉に勇気を得て、太助は立ち直った。それ以来、江戸の町や人々の仕合わせを守っている青痣与力への憧《あこが》れが、生きる支えになったのだと言っていた。

足音がして振り返ると、多恵がやってきた。

「今、太助さんが夕餉をとっています」

「やはり、太助も怒って駆け込んできた」

剣一郎は苦笑して言う。

「やはり、皆さんにとっては青痣与力は一番でなければならないんですよ。青痣与力を脅《おびや》かすものがあってはならないのでしょう」

　多恵は微笑みながらも呆れた様子だ。

「皆が勝手に作り上げた青痣与力の虚像はいつか崩れていく」

「その虚像を皆のために守っていこうとは思わないのですか」

　多恵が笑いながらきいた。

「そこまで考えていたら、息苦しくてならない。追い詰められてしまうだけだ。元より、今の自分の評判もわしが望んだわけではない」

　剣一郎が与力になりたての頃だった。押込み事件があり、その押込み犯の中に単身で乗りこみ、賊《ぞく》を全員退治した。そのとき頬《ほお》に受けた傷が青痣として残った。その青痣が、勇気と強さの象徴のようにとらえられた。人々は畏敬の念をもって、剣一郎のことを青痣与力と呼ぶようになったのである。

　しかし、剣一郎が単身で乗りこんだのは勇気や正義感からではない。そのころ、兄の死を自らの責任のように思っていて、自暴自棄《じぼうじき》のような心持ちで単身乗りこんだのだ。兄は賊と戦い、剣一郎の目前で討たれたのだ。足がすくみ、兄を救うことができなかった。兄の死がなければ、剣一郎は与力になることもなかったのである。

ただ、その後、いくつかの難事件の解決をさせることができ、いつしか青痣与力という虚像が出来上がったのだ。

「幸か不幸か、今まで虚像が崩れるようなことはなかった。だが、そのことがかえって拙《まず》かったのかもしれない。皆は青痣与力が負けるところを見慣れていないのだ。わしを慕《した》ってくれる者たちは、青痣与力は常に一番でなければならないと思いこんでしまっているのだ。それが水川秋之進という若い与力が台頭してきて青痣与力にとって代わろうとしている。そんなことは認めたくないのだろう」

剣一郎はふとため息をつき、

「本人はなんとも思っていないどころか、若手の台頭を喜んでいるのだが……」

「でも、いずれおまえさまのことを忘れてしまうかもしれません。それでも、構わないのですか」

「江戸の町を守り、人々の仕合わせを守るのが我らの務め。己のことはどうでもよい」

剣一郎は決して自分を見失うようなことはなかった。

「おまえさまはそういうお方ですね」

多恵が微笑んだとき、太助が庭先に戻ってきた。

「もう済んだのですか」

多恵がきいた。

「へえ。ご馳走さまでした」

「上がれ」

剣一郎は勧《すす》める。

「じゃあ、失礼します」

太助は濡縁に上がった。

部屋で落ち着くと、また太助がさっきの話を持ち出した。

「あの瓦版屋はきっと、誰かに頼まれてあんなことを書いているんですぜ」

「太助。いいではないか」

剣一郎はなだめる。

「よかありません」

「太助さん。何が気に入らないの？」

多恵が声をかける。

「何がって、青痣与力が逃げたって書いてあるんですぜ。逃げたなんて、いい加減な嘘っぱちを」

「確かに、真実と違うことを書かれるのは困る。しかし、御玉神社で自死が続く真相を知りたい者たちにとっては、わしが乗りださないことが歯痒《はがゆ》かったのかもしれぬ」

「そんな勝手なことってありますか」

「いや、太助もそうだが、世間のひとの中には青痣与力はなんでも解決してくれるという思いこみが出来上がっているのだろう。何かあれば、青痣与力が片《かた》をつけてくれる。なのに御玉神社の件は乗り出してくれない。だから、不満を持ったのだろう。世間は青痣与力の見せかけの姿を崇拝《すうはい》しているのだ。わしはそんな立派な与力ではない」

「そんなことはありません。青柳さまは……」

太助は興奮してきた。

「まあ聞け。わしが皆の期待に応えないでいるところに、北町の水川秋之進どのが立ち上がった。水川どのに皆の目が向かうのも当然といえば当然だ。そうは思わぬか」

「なぜ、青柳さまは皆の期待に応えようとしなかったのですか」

「御玉神社裏の一連の死は、京之進の調べでいずれも自死ということでけりがついている。京之進から頼まれたものならともかく、わしがあえて調べ直すことはありえない」

京之進の調べを信用しているからだと言って、剣一郎はさらに続けた。

「わしはかえって水川どののことを心配している」

「どういうことですか」

「人々は、水川どのに期待や幻想を抱きつつある。二十年前の死者の怨念が死を招いたのではないかと騒いでいるそうだな。その疑問にどう答えるか、水川どのにとっても難しいことに違いない」

剣一郎は同情していた、

「水川どのにはよい答えを出してほしい」

「そんなもんですかねえ」

太助は納得がいかないように首を傾げた。

「それより、猫の商売のほうはどうだ？」

「ぼちぼちです。ただ蚤取りが多いんです。逃げた猫を探すほうが金にはなるんですが」

「そうか」

「そういえば、最近知ったんですけど、御玉神社の裏の雑木林で死んでいた金吉という瓦職人なんですが、死んでだいぶ経ってから見つかったんですよね」

「そうだ。枝が折れて地面に落ちた。草むらに隠れていて、しばらく見つからなかったのだろう」

京之進から聞いた話を口にし、

「それがどうしたのだ？」

と、きいた。

「亡骸のそばで猫が死んでいたってことでしたが、ご存じでしたか」

「そういえば、そんなことを京之進が言っていた。だが、亡骸のそばだとは聞いていないが」

「その猫、池之端仲町にある酒屋の飼い猫だったそうです。姿が見えなくなったと思ったら、御玉神社の近くで死んでいたのが見つかったって話です」

「………」

「猫まで、魂を吸いよせられたのかと、酒屋の内儀さんが言ってました。そんなことってあるんでしょうか」

「まさか」

猫の死を京之進は何ら気にしていなかった。しかし、飼い主にとってみれば、不可解な死をそうとらえようとする気持ちになるのだろう。

「そうですよね。今度、その内儀さんに会ったら、青柳さまがそう仰っていたと伝えておきます」

「わざわざ伝えるほどのことでもあるまい」

剣一郎は苦笑した。

「可愛《かわい》がっていた猫なので、なんで死んだのか気にしているんですよ」

そのとき、いったん部屋を出て行った多恵が顔を出し、

「京之進どのがやってきました」

と、知らせた。

「通してくれ」

「じゃあ、あっしは」

太助が立ち上がろうとした。

「よい。ここにいろ」

「へえ」

太助が少し離れた場所に座り直したあと、京之進が部屋に入ってきた。

京之進は太助に会釈をし、剣一郎の前に畏まった。

「夜分《やぶん》、申し訳ございません」

「構《かま》わぬ。何かあったのか」

剣一郎は促す。

「じつは御玉神社の件です」

「御玉神社の？」

剣一郎は先ほどから話をしている水川秋之進を思い出した。

「十日ほど前に金吉という瓦職人が雑木林で死んでいるのが発見されました。死んでから十日以上経っていましたが、私は自死として始末しました」

「うむ、そうであったな。それが、どうしたのだ？」

「じつは、北町の水川秋之進どのが金吉は自死ではなく殺しだとして、再び探索を始めました」

「なに、殺しだと？」

「はい。南町の同心のいい加減な調べによって下手人《げしゅにん》を逃がすところだったと瓦版屋に話したそうです」

「瓦版屋がなぜ出てくる？」

「瓦版屋は、御玉神社の呪いの死を調べだした水川秋之進どのに張りついているとか。それで、自死ではなく、呪いを利用した殺しだと断じたと……。明日の瓦版にそのことが出るようです」

剣一郎は大きく息を吐いて訊いた。

「水川秋之進が殺しだと考えた理由はわかるか」

「わかりません」

「そなたが、金吉を自死とした根拠は？」

「首に縄を巻きつけたまま地べたに倒れておりました。確かに殺しておいてあとから自死に見せかけたととらえることも出来ます。ですが、ちょうど頭上の樹の枝が折れており、縄が巻きついて落ちていた枝の折れ目は一致していました。枝が金吉の重みで折れたことは間違いありません」

京之進はむきになったように言葉を続けた。

「金吉は賭場で大負けをし、あちこちで借金をし、得意先の家から五両を盗んで。それでも返済額はまだ足りず、にっちもさっちもいかなくなっていた。書置きはありませんでしたが、仲間の亀三《かめぞう》にも死にたいと話していたようです。長屋の住人も金吉が塞《ふさ》ぎ込んでいるのに気づいていました」

京之進はさらに、

「二十日ほど前、ひとりで御玉神社に向かう金吉を見ていた者がおります。また、金吉はひとから恨まれるような男ではなく、殺される理由もありませんでした」

「うむ。それなのに、なぜ水川秋之進は殺しだと決めつけたのか」

剣一郎は首をひねって、

「金吉の亡骸を見つけたのは誰だ？」

「御玉神社に参詣《さんけい》にきた者が、神社の神主《かんぬし》に知らせたのです。神社のほうから自《じ》身番《しんばん》に知らせが」

「京之進さま」

太助が口をはさむ。

「金吉の亡骸の近くで猫が死んでいたとか」

「そうだ。十間（約十八メートル）ほど離れた草むらで死んでいた」

「猫が死んだわけはなんなんでしょうか」

「いや、わからぬ」

京之進は首を横に振った。

「その猫がどうかしたのか」

「はい、池之端仲町にある酒屋の飼い猫だったそうです。あっしは一度その猫の蚤取りをしたことがあります」

「そうか。しかし、金吉の自死とは関わりないからな」

「猫の死骸を見たか」

剣一郎は、太助の疑問がふと気になって訊いた。

「はい」

「外傷はあったか？」

「見た目では外傷はなかったようです。鼠《ねずみ》を殺すための猫いらずを誤って飲んだのかもしれません」

京之進はため息をつき、

「青柳さま。この先が不安でなりません」

京之進は表情を曇《くも》らせ、

「もし、あれが殺しだったら……」

と、声を詰まらせた。

自分の不名誉で済まず、南町の失態《しったい》となり、さらには剣一郎にも迷惑がかかるのではないかと、京之進は嘆《なげ》いた。

「でも、まだ殺しだと決まったわけではないんじゃないですか」

太助がなぐさめるように言う。

「だが、水川秋之進は有能な男だ。その男が殺しだと言い切った」

京之進は弱々しく言う。

「いや。京之進が調べた末に自死となったのだ。水川秋之進の勇み足ということも考えられる」

「そうでございましょうか」

京之進は救いを求めるように剣一郎を見た。

「御玉神社の氏子から三人の死は二十年前に死んだ女の呪いとは無関係だと明らかにして欲しいとの請願を受けて、水川秋之進は調べに乗り出したのだ。世間の期待に応えようとするばかりに見誤ったという考えも出来なくはない。もう少し様子を見よう」

剣一郎は今からあれこれ考えても仕方ないと京之進に言った。

どうにか気持ちを落ちつかせたが、京之進は憂鬱そうな顔で引き上げて行った。

「では、あっしも」

太助は腰を浮かせた。

「明日、瓦版にどんなことが書かれていたか教えてもらいたい」

「わかりました」

太助が引き上げたあと、多恵がやって来た。

「太助さん、もう帰ったのですか」

「今し方、引き上げた」

「そうですか」

多恵はがっかりしたように言う。

「何か用だったか」

「いえ。おいしいお菓子を頂いたのでいっしょに食べようかと……。いえ、召し上がってもらおうと思って」

多恵はあわてて言い繕《つくろ》った。

「明日も来る」

剣一郎は微笑んで言う。

伜《せがれ》の剣之助《けんのすけ》には志乃《しの》がおり、娘のるいは御徒目付《おかちめつけ》の高岡弥之助《たかおかやのすけ》に嫁《とつ》いで家を離れ、今の多恵にとって太助がいい話し相手なのだ。

「その菓子、わしがいただこう」

剣一郎は口にした。

「あら」

多恵が不思議そうな顔をした。

「どうした?」

「珍しいことで?」

「たまにはそなたと菓子を食べるのも悪くないだろう」

「そうですね。では、すぐお持ちします」

多恵は部屋を出て行った。

剣一郎は庭の暗がりに何か光っているものを見た。猫の目だ。草木を踏む音をさせて猫は消えた。ときたま入り込んでくる隣家の猫だ。

ふと、御玉神社裏の雑木林で死んでいた猫のことを思い出した。おそらく、毒でも食らったのだろう。

しかし、なぜ毒を……。剣一郎はふと微かな不安に襲われながらじっと庭の暗闇に目をやっていた。

五

翌日の昼過ぎ、剣一郎は再び谷中にある天正寺の山門をくぐった。

剣一郎は先日同様庫裏に向かった。

今朝出仕すると、宇野清左衛門から呼ばれ、矢野淳之介からの言伝てを耳にした。昨夜、清左衛門の屋敷に使いがあったらしい。用心して、剣一郎の屋敷に直接使いを出すのを控えたという。

庫裏の奥の庭に面した部屋に入って行くと、矢野淳之介ともうひとり待っていた。淳之介と同じくらいの年格好だ。ふたりとも商人の姿だった。

「お待たせしました」

剣一郎はふたりの前に座って頭を下げた。

「とんでもない。突然、お呼びたてして申し訳ございませんでした」

淳之介は詫《わ》びるように言ってから、

「この者は昨日、金沢から江戸に戻ってきた早瀬竜太郎《はやせりゅうたろう》です」

と、隣にいる男を引き合わせた。

「青柳さまのご高名《こうめい》はかねてからお伺いしております」

「恐縮です」

剣一郎は頭を下げた。

「私は江戸の商人として、金沢にある『生田屋《いくたや》』という小間物屋《こまもの》をたびたび訪れております」

早瀬竜太郎が話し始める。

「ひょっとして、『生田屋』は？」

「はい。仲間でございます」

代々、加賀藩の領内に住んで様子を探っている隠密なのだろう。巨大な外様《とざま》大名の監視を密かに行なってきているに違いない。

今は加賀藩が将軍家に歯向かうなどとは考えられないが、その役割は生き続けているのだ。

「今、加賀藩で何か起きているのではありませんか」

剣一郎はきいた。

「まだ確たる情報は得られていません。ご承知のように加賀藩は本家の百万石の他に支藩として越中富山《とやま》藩十万石、加賀大聖寺《だいしょうじ》藩十万石を有しています。また、歴代の藩主の半数が正室《せいしつ》を将軍家やその御家門から迎えていて、将軍家と姻《いん》戚《せき》関係にあります」

竜太郎は続ける。

「加賀藩の家臣は、石高五万石の本多《ほんだ》家をはじめとする八人の年寄り、これを加賀八家と称しますが、この八人を重臣とし、その下に約七十家の人持組《ひともちぐみ》が続き、その下に平士《へいし》、与力、足軽《あしがる》、小者《こもの》と続きます。この身分制がしっかりしていて、有能な下級藩士が藩主によって登用されても、重臣たちの反発に遭《あ》って潰《つぶ》されるということがたびたび繰り返されているのです」

「世にいう『加賀騒動《かがそうどう》』もそのひとつですね」

剣一郎は頷いて言う。

「そのとおりでございます。一度、五箇山にある大槻伝蔵《おおつきでんぞう》が幽閉《ゆうへい》された牢獄を見て参りました」

『加賀騒動』とは六代藩主吉徳《よしのり》の寵臣《ちようしん》であった大槻伝蔵が、吉徳の没後、吉徳の側室真如院《そくしつしんにょいん》と謀《はか》って藩主の毒殺を企《くわだ》てたというものだ。

大槻伝蔵は下級藩士の子で、十四歳のときに吉徳付きの御居間坊主として召し出され、やがて吉徳が藩主になると近習《きんじゆ》になり、藩政にも関わるようになった。

「大槻伝蔵は吉徳公の寵愛《ちょうあい》によってどんどん出世をしていきました。なれど、寵愛だけで人持組に昇ったわけではありません。有能だったから吉徳公は登用したのです。しかしながら、重臣たちの反発を招きました。後年の藩主毒殺の企《くわだ》てもどこまで真実か……。このように、重臣と人持組対中堅以下の武士との対立は根深いものがございます。ただ、このような身分間の対立はどこの大名家にも大なり小なりありましょうが」

「そのことが今現在問題となっているわけではないのですね」

「はい。さようでございます。ただ、それは火種となっていつも燻《くすぶ》り続けているようです。何かの弾《はず》みで一気に火がつくかもしれません」

「城端は確か加賀藩の支配ですね」

剣一郎は確かめる。

「はい。加賀藩の今石動奉行《いまいするぎ》が治めております」

「絹商人の善次郎の話では、城端で生産された絹の多くは素地のままで京に送られ、西陣《にしじん》で染色などの加工が施《ほどこ》され西陣織として売り出されているそうですが」

「そう聞いております。ところが、近頃では丹波《たんば》・丹後《たんご》から縮緬《ちりめん》が京に入ってきて、加賀絹の売れ行きが芳《かんば》しくなくなってきたようです」

「善次郎もそう言ってました。城端の絹が京で加工されて江戸に出回っているなら、加賀で加工して加賀友禅として江戸に販路を求めようとしたと」

剣一郎は言葉を切り、

「加賀藩はそんな加賀友禅を将軍家に献上しながら、なぜ取り返そうとしたのか。そのことが謎《なぞ》なのです。そして、なぜ善次郎は一目見て献上品の加賀友禅だとわかったのか。何か目印でもあったのか……」

「その善次郎は不審な死に方をしたそうですね」

「そうです。献上品の謎と絡んでいるものと見ています。そして、この件に老中の磯部相模守さまも関わっていると」

剣一郎は言い切り、

「今、加賀藩では何かが蠢《うごめ》いているように思えるのです」

「金沢に戻り、まず善次郎の死について調べてみます」

「どんな些細《ささい》なもめ事でも、それが火種になっている場合もあります。その点に注意深く目を見張ってください」

「畏まりました」

竜太郎は答えたあと、

「これは些細なことですが、城端や高岡《たかおか》などでは曳山祭《ひきやままつ》りというものが行なわれていました。祭礼に山車《だし》が出るのです。この山車の形が問題となって騒動になったという話を聞いたことがあります」

「山車の形が問題に？」

「はい。高岡町の山車は藩主がご寄付くだされた御免車《ごめんしゃ》という由緒《ゆいしょ》あるもので、他の町は勝手にそのような形の山車を引くことは許されないという高岡町からの抗議に、城端町も反発し騒動になったようです。結局、城端は山車の様式を制約されたので別の工夫をして存続《そんぞく》しているとか」

竜太郎は首を傾《かし》げ、

「もっとも、このことが今回の大きなことに結びつくとは思えませんが、城端ということで念のために申し添えました」

「いや、いろいろお聞かせいただき助かりました」

「青柳さま」

それまで黙って聞いていた矢野淳之介が口を開いた。

「竜太郎は江戸に戻ったばかりですが、明日にも金沢に発《た》ってくれるそうです」

「申し訳ありません」

剣一郎は竜太郎に頭を下げる。

「とんでもない。私も淳之介同様、青柳さまと共に働けることをこの上ない喜びと思っております」

前回と同じように、剣一郎が先に庫裏を出た。例の寺男に扮《ふん》した淳之介の手の者が会釈で見送ってくれた。

谷中の天正寺を出てから、剣一郎はふと思いついて不忍池の西岸にまわった。

鬱蒼《うっそう》とした中を入って行くと、御玉神社が見えてきた。雑木林のほうに目をやる。人影はなかった。そこに足を踏み入れる。

少し先に出合茶屋がある。林の中にひときわ大きな松の樹があった。この樹で首を縊《くく》ったのかもしれない。

編笠を指先で押し上げて、樹を見上げる。二十年前に首吊りがあり、さらに半年前とふた月前の首吊りはぶら下がったまま見つかった。ところが、金吉のときは枝が折れたか地に落ちていたという。そして、近くには猫が死んでいた。

猫の死はおそらく毒を食べたのであろう。金吉は首をくくって死んだのであって、毒死ではない。京之進が調べたのだ。間違いないはずだった。

引き上げようとしたとき、神社の裏門からひとが出てきた。白袴《しろばかま》で神主《かんぬし》なのだろう、四十ぐらいの顔の長い男だ。

剣一郎に近づいて来て、

「お侍さんも見に来たのですか」

と、男はきいた。

「首吊りですよ。多いのですよ。見に来る連中が」

「………」

「首吊りがあったのは、その樹ですよ」

と、大きな松の樹を指さした。

「御玉神社の神主どのか」

剣一郎はきいた。

「はい。さようでございます」

「長いのか」

「はい。ここで育ちましたから」

「では、二十年前の自死も？」

「ええ。見ました。白骨になった女が枝からぶら下がっていたのですから、身の毛がよだちましたよ」

　神主は目を細めて言う。

「なぜ、あんな長いこと誰にも見つからなかったのか不思議でなりません。神社の境内からでは松の樹が邪魔になって見えませんけど、冬ならともかく、夏だったので誰かがここまで歩いてきてもよさそうでしたが」

「半年前とふた月前はすぐに見つかったのだな」

　剣一郎は口にする。

「そうです。でも、十日ほど前の男は枝が折れて地に倒れていたので見つからなかったようです」

　神主はため息をつき、

「二十年前に死んだ女の魂が三人の男を引き寄せたなどと妙な噂が立って、神社にとってはいい迷惑ですよ」

「神社の氏子が北町の与力のところに調べてくれるように訴え出たそうだが」

「さあ、氏子の方からは聞いていません」

「聞いていない？」

　剣一郎は不思議に思ってきく。

「氏子ではないと思いますが、どなたかが北町の水川秋之進さまにお願いしに行ったのでしょうね」

「瓦版には氏子が水川秋之進どのの屋敷に頼みに行ったということだったが」

瓦版を自分が見たかのように言う。

「そのようですね。でも、氏子ではないと思います。でも、水川さまが調べるまでもなく、ここで自死が続いたのははっきりしています」

「しかし、水川どのは十日ほど前の一件は殺しだったと考えているようだが？」

神主は眉根を寄せた。

「そなたはどう思うのだ？」

「三人は自ら死んだのは間違いないと思います」

「というと？」

「ご覧ください、目の前の風景を。不忍池の対岸に弁天堂《べんてんどう》が見え、その向こうに寛永寺の五重の塔が見える。三人とも、このように美しい場所で最期を迎えたかったのかもしれません」

神主は松の樹のそばに行き、深く礼をした。

「いつもそうしているのか」

剣一郎は近づいて声をかけた。

「私がここに来るのは、またここで首を吊ろうとする者がいないかを見張るためもあるんです。でも、野次馬《やじうま》が多く、今は誰にも見つからずに首を縊るのは難しいでしょうけど」

「まだ、自死する者が続くと思うのか」

「二十年前の女の魂が三人の男を引き寄せたなどということはありませんが、この風景に誘われることはあるかもしれません」

神社のほうから職人ふうのふたりが現われた。彼らも好奇心に駆《か》られてやってきたのだろうか。

「また、見物人です」

神主は苦笑した。

その場から離れ、神社の裏口で神主と別れ、剣一郎はそのまま池之端仲町のほうに足を向けた。

その夜、八丁堀の屋敷に帰って夕餉をとり、剣一郎が居間でくつろいでいると庭にひとの気配がした。

濡縁に出ると、庭先に太助が立っていた。

「上がれ」

「へい」

太助は静かに濡縁に上がり、部屋に入った。

向かいに座ると、太助は手にしていた瓦版を差し出した。一度皺《しわ》くちゃにしたものを引き伸ばしたようだ。

「いや、見ずともいい。そなたの口からどんなことが書いてあったか聞けば十分だ」

剣一郎は瓦版を押し返した。

「へえ」

太助は瓦版を手にして、

「北町の水川秋之進さまは、十日ほど前に御玉神社の雑木林で発見された金吉という男の死が、自死ではなく殺しだとして探索をはじめた。金吉は毒を盛られて苦しんで死んだ。下手人によって背後から頸《くび》に縄を巻かれ、枝はわざと折られ首吊りのように見せかけられた。金吉が食べ残した毒入りの何かを近所の飼い猫が口にして死んだ……」

と、読み上げた。

「なにをもとに金吉が毒を盛られて苦しんだと考えたのだろうか」

剣一郎は首をひねった。

「そのことは書いてません」

京之進の調べでは、はじめから毒殺のことは頭になかった。つまり、毒で死んだという兆候《ちょうこう》を示していなかった。しかし、京之進は何かを見落としたのだろうか。

もし、この瓦版に書かれていることが事実なら、水川秋之進の調べは京之進のそれと対立することになる。

しかし、この瓦版は売らんがために面白おかしく書かれたのかもしれず、実際のところは水川秋之進に確かめるしかない。

ただ、瓦版に踊らされてわざわざ水川秋之進に会いに行くこともためらわれた。そんなことをしたら、今度は瓦版にどんなことが書かれるかわからない。ますます剣一郎と水川秋之進の対立を煽るような中身になるだろう。

「太助。頼みがある」

「へい」

「少し水川秋之進の動きを見張ってもらえぬか。くれぐれも気づかれることのないように注意してな」

「へい、わかりました」

太助は張り切って返事をし、立ち上がった。

「どうした？」

「引き上げます」

「夕餉は？」

「食べてきました。いつもご馳走になっては……」

「遠慮するやつがあるか。いつも多恵はそなたの分も用意しているのだ」

「へい。ありがたいことで」

太助はしんみり言い、顔を上げた。

「でも、そんなことに甘えていたら自分がだめになってしまいます。たまにご馳走になるだけで十分です」

「そうか」

「では」

「待て」

剣一郎は引き止めた。

「多恵がそなたと食べたいと菓子を用意していた。それだけでも食べて行け」

「お菓子ですかえ」

太助は唾《つば》を呑みこんだようだ。

「じつは昨夜、わしと食べたが、多恵は物足りないようだった。付き合ってやってくれ」

「へい」

太助は声を弾ませて腰を下ろした。剣一郎は手を叩いた。すぐに多恵がやって来た。

「まあ、太助さん。夕餉は？」

「へえ、食べてきました」

「そう」

多恵はがっかりしたようだが、すぐ笑みを浮かべ、

「お菓子をいただきましょう」

「へい、いただきます」

太助が応じると、多恵は嬉々《きき》として部屋を出て行った。

「太助は酒のほうがいいのではないのか」

「いえ、菓子も好きです」

「そうか。なら、いい」

「失礼します」

太助がふいに立ち上がり、濡縁に出た。

「どうした？」

「猫です」

「隣家の猫か。昨夜も来ていた。そなたに会いに来たのかもしれないな」

そう呟いたとき、御玉神社の裏の雑木林で死んでいた猫のことを思い出した。毒死した猫と金吉の死を結びつけるのは無理がある。だが、水川秋之進が何のわけもなく両者を結びつけるとは思えない。

不自然とも言える水川秋之進の探索に気持ちがいってしまい、多恵と太助が菓子を食べていることにも気づかなかった。

第二章　下手人《げしゅにん》

一

ふつか後の朝、剣一郎は小石川にある多恵の実家の湯浅《ゆあさ》家に赴《おもむ》いた。多恵の父高右衛門《こうえもん》は隠居し、今湯浅家はかつて剣一郎の探索を手伝っていた文《ぶん》七郎《しちろう》が継いでいる。

「ご免」

剣一郎は玄関で訪問を告げた。

すぐに若党《わかとう》が出てきた。

「これは青柳さま。どうぞ」

「うむ」

剣一郎は腰の刀を外し、式台《しきだい》に上がった。

部屋に通されて待っていると、文七郎がやって来た。

「きょうは非番だったな」

「さようです。ようこそおいでくださいました」

文七郎は笑みを湛《たた》えて言う。

文七郎は元の名を文七《ぶんしち》といい、高右衛門が料理屋の女に産ませた子で、多恵は長い間に亘《わた》って文七母子《おやこ》の援助を続けてきた。そして、母親が病で亡《な》くなったあとは、文七は多恵の引き合わせで剣一郎の手先となった。しかし、湯浅家の跡取りであった多恵の弟高四郎《こうしろう》が病没したため、文七は湯浅家に入って家督《かとく》を継ぎ、文七郎と名を改め、父高右衛門に代わって西《にし》の丸御納戸役《まるおなんどやく》として新しい人生を歩んでいる。将軍世嗣《せいし》の身の回りのものを用意する役職である。

ところが、そんな中で献上品窃取《けんじょうひんせっしゅ》の事件に巻きこまれたのだ。

「その後、いかがだ？」

献上品窃取に関わった朋輩《ほうばい》に御納戸組頭《おなんどくみがしら》、そして上役《うわやく》の西の丸御納戸頭まで処分され、新しい上役がやってきたという。

「はい。ようやく落ち着いてきました」

「そうか。よかった」

　剣一郎は頷《うなず》いてから、

「つかぬことを訊《たず》ねるが、そなたは例の献上品の加賀友禅の反物《たんもの》その物を目にしてはおらぬか」

「いえ、私が知ったのは富士見御宝蔵《おたからぐら》から盗まれたあとでして、現物は見ておりませぬ」

「そうか。ちょっと気になってな」

「何がでございましょうか」

「富士見御宝蔵から盗まれた加賀友禅の反物は我らが取り返し、いったん加賀藩前田家の手に渡った後、再び将軍家に返された」

「はい。その加賀友禅の反物は富士見御宝蔵に収められております」

　文七郎は怪訝《けげん》そうに答え、

「その反物にまだ何か」

「じつは、城端の絹商人の善次郎が帰国後に崖《がけ》から落ちて亡くなっているのだ」

「なんと。加賀友禅の反物を見て、献上品だと訴えた男ですね」

「そうだ」

剣一郎がことのあらましを話すと、文七郎は唖然《あぜん》としていた。

「わしは善次郎は殺されたのではないかと考えている。善次郎は加賀友禅の反物を見て、すぐに献上品だとわかった。そのことに付随《ふずい》して、先日加賀藩から再び献上された反物が、富士見御宝蔵から盗まれたのとほんとうに同じものだったのかという疑いが生まれた」

「すり替えられていると？」

いったん前田家を介したため、すり替えたのではないかという疑いが生じた。

「明確な理由があってのことではない。なんとなく、そう思ったのだ」

剣一郎は顔をしかめ、

「献上品と知り、手元にはあったのだが、わしは反物を詳しく見ていない」

剣一郎は、文七郎の目を見つめた。

「御納戸方で、最初に献上された加賀友禅の反物を見た者がいないか密《ひそ》かに探ってはもらえぬか。もちろん、信用出来る人物でなければならない」

「わかりました。献上品窃取に関わっていない、信用に足るお方は何人かいらっしゃいます。当たってみます」

「頼んだ」

「まだ、あの一件は終わっていないのでしょうか」

「そうかもしれぬ。いずれにしても、老中《ろうじゆう》の磯部相模守さまが関わっているようだ。あれほどの思いをしてまで、なぜ加賀友禅の反物を取り返そうとしたのか。加賀藩前田家を中心に何かが密かに企《くわだ》てられているのではないかと思われてならぬのだ」

剣一郎はふと表情を和《やわ》らげ、

「義父上《ちちうえ》と義母上《ははうえ》に顔を出してこよう」

そう言って立ち上がった。

剣一郎は編笠《あみがさ》をかぶって湯浅家の屋敷を出た。

小石川から本郷に差しかかった。そのまま本郷通りに出ると、加賀藩の上屋敷が目の前に現われた。

用人《ようにん》の榊原政五郎《さかきばらまさごろう》や藩の御納戸奉行の助川松三郎《すけがわまつさぶろう》とは面識があり、話をききたいところだが、献上品にまつわる疑惑へのふたりの立場が不明なので、不用意に会いに行くわけにはいかなかった。

剣一郎は上屋敷の脇を通って湯島に向かった。江戸幕府の開府以来、外様《とざま》大名の中でも最大の石高《こくだか》を誇る加賀藩は、将軍家にとっても脅威《きょうい》であったに違いない。加賀藩のほうは将軍家に妙な動きから疑いを招くような真似《まね》は出来なかった。不穏《ふおん》な動きがあれば、直《ただ》ちに幕府は討伐《とうばつ》に踏み切るかもしれない。

だから、加賀藩は藩主の正室《せいしつ》を将軍家やその親族から招き、将軍家と縁戚《えんせき》関係を保つことで疑われないようにしてきたのだろう。だが、それでも将軍家のほうでは、御庭番《おにわばん》に監視させてきたのだ。

そんな加賀藩で何かが起きている。いや、何かが蠢《うごめ》いている。善次郎が殺されたことも無関係ではないと思えた。

そんなことを考えながら湯島の切通しを下って、剣一郎はまた足を不忍池へ向けつつ、もうひとつの懸案に思いを向けた。

あくまでも瓦版《かわらばん》から知っただけだが、北町奉行所《ぶぎょうしょ》の水川秋之進は金吉という男は毒殺されたと見ているらしい。下手人《げしゅにん》は枝をわざと折って首吊りにより樹から落ちたように見せかけた、と。なぜ、秋之進はそう考えたのだろう。

剣一郎は池之端仲町を突っ切り、不忍池沿いを御玉神社に向かった。風があるのか、波が打ち寄せていた。蓮《はす》の花が開くまでまだ間がありそうだった。

ふと、前方から巻羽織《まきばおり》の与力《よりき》がやって来るのが目に飛びこんだ。水川秋之進だった。秋之進の後ろにいる尻端折《しりはしょ》りをした細身の小者が物乞いらしい男を連れていた。小者はいかめしい顔を剣一郎に向けた。

剣一郎は立ち止まって道の端に寄った。秋之進は凜々《りり》しい顔立ちで、自信に満ちた歩き方だった。

すれ違いざま、秋之進は剣一郎に目をやった。剣一郎は編笠で顔を隠していたが、まるで剣一郎だと気づいたかのように秋之進は口もとに笑みを浮かべていた。

剣一郎は物乞いの男に目をやった。物乞いは鋭い眼光《がんこう》で見返した。剣一郎は首を傾《かし》げた。生々しいほどの鋭《するど》さだった。ほんとうに物乞いだろうか。

それより、なぜ、こんな場所に秋之進といっしょにやって来たのか。

剣一郎は秋之進を見送ったあと、改めて御玉神社に向かった。神社脇の雑木林の中に白い袴《はかま》が見えた。先日会った神主《かんぬし》だ。

剣一郎は近づいた。神主は振り返った。どこか厳しい表情をしていた。

「この前のお侍《さむらい》さまで」

神主は覚えていた。

「今、北町の与力とすれ違った。物乞いと思える男を連れていたが、何かあったのか」

剣一郎は切り出した。

「じつは、その物乞いの男がひと殺しを見ていたというのです」

「なに、殺しを見ていた者がいたのか?」

「物乞いは指さしながら話していました。なんでも、神社のお供え物や賽銭《さいせん》を盗もうと夜中にやってきたら、ふたり連れがここにやってきて、もみ合いとなり、しばらく経《た》ってひとりが立ち上がった。立ち上がった男が縄を倒れた男の首に巻いて、頭上の樹の枝を折ったとか。水川さまは男の話を詳しく知るために、ときどき口をはさんでおりました」

「あの物乞いの男を見たことはあるか」

「いえ。見かけたことはありません」

「なぜ、神主どのはその場にいたのか」

「ちょっと立ち会ってくれと親分さんが社務所に現われたのです」

「立ち会う?」

なぜ、立ち会わせたのだろうか。

「南町で自死として片をつけたものなので、念のためにいっしょに聞いてもらいたいという話でした」

「…………」

「先日は、自死した者たちは美しい場所を死出の旅路の出発に選んだと申しましたが、まさか、殺しだとは想像さえしておりませんでした」

「今は殺しだと信じているのか」

「もちろんでございます。今評判の水川さまが仰《おつしや》ったのですから、間違いはないでしょう。変な呪いではなかったのはよかったとしても、殺しだなんて」

神主はため息をついた。

「水川秋之進どのに調べを頼んだ氏子《うじこ》は見つかったか」

「いえ。それが、誰も知らないようです」

「そうか。邪魔した」

剣一郎は引き返した。

池之端仲町の通りに出たとき、背後から駆けてくる足音が聞こえた。

「青柳さま」

太助の声だった。

「どうした？」

「へえ。今物乞いのあとを尾《つ》けたんですが、湯島天神の境内《けいだい》の人込みに紛《まぎ》れて見失ってしまいました」

「太助も物乞いに気づいていたのか」

「水川秋之進さまのあとを尾けたら池之端仲町の自身番の前で、あの男といっしょになって御玉神社に向かったんです」

「御玉神社まであとを尾けたのか。わしは気づかなかったが？」

「一足先に引き上げ、池之端仲町で待ち伏せていたんです。青柳さまが御玉神社に向かうのに気づいたのですが……」

「そうだったのか。しかし、よく物乞いの正体を摑《つか》もうとした」

剣一郎は太助の機転《きてん》を褒《ほ》めた。

「いえ。でも、あっさり撒《ま》かれてしまいましたんで」

太助は悄然《しょうぜん》という。

「いや、それでも大きな手掛かりだ」

「………」

「どうやら、ほんものの物乞いではないかもしれぬ」

「えっ、どういうことですかえ」

「わしはすれ違うとき、顔を見たが、あの鋭い眼光はただ者ではなかった。それに、物乞いならそなたの尾行を撒けるはずない」

「やはり……。そうだとすると、ますますあとを尾けられなかったのが残念でなりません」

「仕方ない。それより、あの物乞いと水川との話を聞いたか」

「いえ。気づかれそうだったので声が聞こえるところまで近づけませんでした」

「そうか。あの物乞いは金吉が殺されたのを見ていたそうだ」

「どういうことですか？」

太助は驚いてきき返した。

剣一郎は神主から聞いた話を太助にした。

「そんなの信じられません。だって、京之進さまが調べて……」

「いずれ、水川秋之進は下手人を捕まえるかもしれぬ」

「まさか」

太助は目を剝《む》いた。

「太助。金吉の住んでいた長屋や瓦職人のところに行き、水川秋之進が何を聞き込んでいたかを調べてくるのだ」

「へい。金吉の住まいは確か下谷車坂町《くるまざかちょう》でしたね」

「そうだ」

「では、行ってきます」

太助は走って行った。


剣一郎は奉行所に戻った。

門を入って右側にある同心詰所《どうしんつめしょ》を覗《のぞ》いたが、京之進はまだ戻っていなかった。

「京之進が戻ったらわしのところに来るように伝えてもらいたい」

詰所の番人に言い、剣一郎は与力部屋に向かった。

部屋に落ち着いてしばらくすると、京之進がやってきた。

「青柳さま。お呼びでございますか」

京之進が声をかけた。

「うむ。向こうへ」

空いている小部屋に案内し、差し向かいになった。

「御玉神社の件だ」

「何か」

京之進の顔色が変わった。

「さっき、御玉神社に行ってきた。水川秋之進が殺しを見たという物乞いの男を伴い、事件の現場に行った」

「殺しを見ていた者が……」

「そう話しているらしい」

京之進にも神主から聞いた話をした。

「金吉は殺されたのではありません。自ら首を括《くく》って……」

京之進は声を詰まらせた。

「おそらく、秋之進は下手人を見つけ出すのではないか。いや、作り出すといったほうが当たっているかもしれぬ」

剣一郎はそう言い切った。

京之進の調べに過《あやま》ちはないはずだ。だが、なぜ、今になって目撃した者が出てくるのか。あの殺しを見たという物乞いは捏造《ねつぞう》ではないか。

そうだとしても、なぜそこまでするのか。

瓦版によれば、御玉神社の氏子のひとりが、もう一度三人の首縊りを調べ、二十年前に死んだ女の呪いなどありはしないと明らかにしてくれと訴えた。神社のほうも妙な噂《うわさ》が立って迷惑を被っていたからだという。

しかし、神主は氏子の誰が訴えたのかを知らなかった。

ふと、京之進の表情が曇《くも》っていることが気になった。

「どうした、何か気がかりなことでも」

剣一郎は訊ねる。

「青柳さま」

京之進は青ざめた顔を向けた。

「金吉の件で、気になることが……」

「気になること？」

「はい」

京之進は言い淀《よど》んだが、一気に話しはじめた。

「金吉は博打《ばくち》で大負けをして厳しく取り立てられていました。瓦職の親方からも暇《ひま》を出され、追い詰められていました。返せる金なんか出来っこねえ、死ぬしかないと沈んだ声で言っていたのを、長屋の住人が聞いています。金吉が御玉神社に向かったのは借金の返済日の前日です」

京之進は息継ぎをし、

「さらに、金吉が御玉神社に夜ひとりで向かうのを見ていた者もおりました。池之端仲町の炭問屋の番頭です。金吉から御玉神社の場所をきかれ、道を教えたと言ってました。現場に争ったような跡はなく、首を括ったあと、枝が折れたのだと思いました。書置きなどはありませんでしたが、自死に間違いないと考えました。検死した与力どのも縊《い》死《し》と判じ、毒物のことはまったく疑いもしませんでした」

「うむ、それで自死として始末したのだな」

「はい」

「で、どこが気になるのだ？」

「ちょうどその日の夜、谷中の善光寺坂《ぜんこうじざか》にある線香《せんこう》問屋に押込みが入り、主人を殺して三十両を盗んで行ったのです」

「その押込みがどう関わってくる」

「三十両という額は、金吉の借金の額と同じなのです」

「偶然であろう」

「そうかもしれないのですが……」

「何を気に病《や》んでいるのだ？」

「北町の水川秋之進さまが金吉の自死に疑問を持ったと聞き、その線香問屋の押込みが思い浮かんだのです」

「ひょっとして、線香問屋に押し込んだのが金吉だったと言うのか」

「そんなことはないと思いますが、もしそうだとしたら三十両を手にした金吉に自ら死を選ぶ理由がなくなります。押込みで得た三十両を返せばいいのですから」

「その押込みは確か北町の受け持ちであったな」

「はい。いまだに下手人は捕まっていません。もし、金吉の仕業《しわざ》だというなら捕まるはずありません」

「…………」

剣一郎は厳しい表情で考え込んだ。

この押込みは北町の受け持ちだから、当然北町与力の水川秋之進はこの一件を知っている。

御玉神社の自死の件を調べ出した秋之進が、線香問屋の押込みと金吉の死を結びつけて考えることは十分に出来る。

「確かに、金吉が盗んだ三十両を奪うために、何者かが首吊りに見せかけて金吉を殺したということも考えられなくはありません」

　京之進は追い詰められたように言う。

「しかし、実際には金吉は自死したのではないか」

「死んでから十日経《た》っていました。もしかしたら、毒死の痕跡《こんせき》が消えてしまい、見逃してしまったのかも……」

　京之進は不安そうに言う。

「しかし、そなたは亡骸《なきがら》の様子から、毒死とは思わなかったのではないか」

「はい」

「わしはそなたの目を信じている。そなたが毒死と見抜けなかったのではなく、そもそも首を括ったために死んだだけのことなのだ」

　剣一郎は言い切ったが、京之進は自分の取り調べに自信をなくしているようだ。水川秋之進を過大に見ているからではないか。

「そなたは水川秋之進の噂に怯《おび》えているのではないか」

「いえ……」

「正直に申せ。いつものそなたらしくないうろたえぶりだ」

「…………」

「京之進。自信を持て」

「青柳さま。町を巡回しておりましても聞こえてくるのは水川秋之進さまを讃《たた》える声ばかり。捕物出役《とりものしゅつやく》での勇敢な振舞いや難事件の決着、さらには隠された犯罪の摘発と、数々の事件に携《たずさ》わってこられました。世間では、第二の青痣与力だという者もおります。その水川さまが私の取り調べに……」

京之進は無念そうに言う。

「京之進、どんなことになろうとも自分を見失うな。自分のやって来たことに誇りを持て」

「はっ、しっかと胸に畳んでおります。ただ、青柳さまにご迷惑が及びはしないか、そのことが……」

「わしのことは心配せんでもよい」

剣一郎は京之進をなだめたが、想像以上に気持ちが弱っていることに驚きを禁じ得なかった。

京之進が下がったあと、剣一郎は年番方《ねんばんかた》与力の部屋に赴いた。

二

小部屋にて、剣一郎は年番方与力の宇野清左衛門と差し向かいになった。

御玉神社の一件を話すと、清左衛門は深刻そうな顔をして、

「世間では、我らが考える以上に青痣与力と水川秋之進との対立を面白がっているようだ。他の同心たちからも、噂が漏《も》れ伝わってくる」

「やはり、瓦版が煽《あお》っているのでしょうか」

「大仰《おおぎょう》ではなく、湯屋の二階、髪結い床など、ひとが集まればその噂らしい。ことに、御玉神社の一件は大きいようだ」

「自死ではなく殺しだと判明したことが?」

「そうだ。噂では、青痣与力が自死として片づけたものを、水川秋之進が殺しだと明らかにした、と。京之進の取り調べだったが、世間は青痣与力の始末にしている」

「そうですか」

剣一郎は水川秋之進に危惧《きぐ》を抱いた。

秋之進はまだ若い。世間の噂に踊らされ、青痣与力より上に立とうという気持ちに駆り立てられてはいまいか。

御玉神社の一件はそんな秋之進の心情に合致《がっち》したのかもしれない。自死と決していたことが殺しとなれば世間は自分にもっと注目する。

なんとしてでも、殺しの証《あかし》を見つけ、青痣与力の鼻を明かす。そういう思いにとりつかれたら間違いを起こしやすい。下手人の取り違え、いや、誤って無辜《むこ》の者を人殺しにしかねない。

「なんとかこの事態を鎮《しず》める手立てはないものか」

清左衛門も苦慮《くりょ》した。

「宇野さま。水川秋之進どのに人に知られないように会ってみようかと思います」

「青柳どのが?」

「はい。おそらく、水川どのは世間の評判になることに、ある種の心地よさを覚えているのかもしれません。世間の噂が水川どのの背中を押している。しかし、このままでは水川どのは噂に応《こた》えようと、どんどん深みにはまってしまいかねません。ありもしない殺しを作り上げ、誤った下手人を作り出してしまう」

「しかし、水川秋之進は素直に聞く耳を持っていようか」

「わかってくれると思います。ただ……」

剣一郎は一呼吸置いて、

「世間に知られないよう会わねばなりません。知られれば、どんなことを書かれるかわかりませんので」

「北町を訪れるわけにはいくまい」

「どこぞで偶然を装い、会うようにいたします」

「そうしていただこう。青柳どのと水川秋之進との対立がいつしか南町と北町の対立として面白おかしく噂されては由々《ゆゆ》しきこと」

「はい。そのことは水川どのもわかってくれるでしょう。お互いで噂を断ち切るようにしたいと思います」

「青柳どの、頼みましたぞ」

清左衛門は頭を下げた。

夕七つ（午後四時）、与力や同心たちの勤務が終わり、続々と奉行所を出て帰宅して行く。

剣一郎も奉行所を出た。すると、数寄屋橋御門《すきやばしごもん》に差しかかったとき、どこからともなく太助が現われた。

「待っていたのか」

「へい、金吉の長屋で住人に聞き込んでみましたが、どうやら水川さまはそこにはやって来ていないようです」

「瓦職のほうは？」

「そっちも顔を出していません」

「なに、周辺を調べていないというのか」

「ええ。以前は京之進さまが何度か聞き込みに来たそうですが、最近も水川さまを見かけたことはないそうです」

「水川秋之進ではなく、小者はどうだ？」

秋之進といっしょにいた細身の小者を思い出した。いかめしい顔の男だった。

「いえ。それもないと」

「そうか」

妙だと思った。

金吉が殺されたのだとしたら、まず金吉の周辺を調べるべきだろう。

「太助。ごくろうだった。いっしょに屋敷に行こう」

「いえ、あっしはまだやることが。夜にお邪魔します」

そう言い、太助は足早に去って行った。

剣一郎はそのまま帰途《きと》についた。

楓川《もみじがわ》沿いを行き、途中で橋を渡って八丁堀に入る。あえて同心の組屋敷に足を踏み入れたが、秋之進と会うことはなかった。


その後、太助が剣一郎の屋敷にやって来たのは夜が更《ふ》けてだった。

庭先に立った太助の姿から、少し疲労の色が見えた。

「疲れているようだな。上がれ」

「いえ。すぐお暇《いとま》します」

「どこか行ってきたのか」

「例の物乞いの男が気になって、奴を見失った湯島天神の周辺を歩き回ってきたんです」

「それはご苦労なことだ」

「男は見つからなかったんですが……」

太助は意味ありげな表情をして、

「年寄りの物乞いがいたので、見失った男のことをきいてみたんです。そしたら、そんな男はいないと思うと言ってました」

「やはり、偽者《にせもの》か」

「そのようです。顔立ちを覚えていますので、明日から、物乞い以外の男に注意を向けて湯島天神の辺りをさがしてみます」

「うむ、頼む」

「へい」

「その前にやってもらいたいことがある」

「なんでしょうか」

「水川秋之進にこっそり会いたいのだ。明日はいっしょに動いて秋之進の動きを探ってもらいたい」

「わかりました」

太助は意気込んで応じる。剣一郎の役に立てることがうれしくてならないらしい。今夜は遅いからと早々と引き上げて行った。

翌朝、剣一郎は編笠をかぶって一石橋《いちこくばし》の袂《たもと》で待った。呉服橋《ごふくばし》御門の外で、太助が秋之進を待ち伏せている。

四つ（午前十時）前に、秋之進が例の細身でいかめしい顔の小者を連れて歩いてきた。きりりとした顔立ちでさっそうと歩いている。

秋之進は一石橋を渡った。剣一郎はお濠《ほり》のほうに身を隠した。

秋之進の一行が横切り、そのあとを太助が尾けていく。剣一郎は十分に間合いをとって太助のあとを尾けた。

太助は日本橋《にほんばし》の大通りに入って須田町《すだちょう》のほうに向かった。秋之進の姿はだいぶ遠くにあって、行き交うひとの中でその姿は見え隠れしていた。

秋之進は筋違御門《すじかいごもん》をくぐって御成道《おなりみち》に入った。御玉神社に行くのかもしれない。好都合だと思った。

剣一郎が警戒したのは瓦版屋だ。秋之進の一挙一動《いっきょいちどう》が逐一《ちくいち》載せられている。どこかで見張っているかもしれない。だが、下谷広小路を抜けて、池之端仲町に入っても秋之進に近づいていく者はいなかった。

不忍池に出て、池沿いの道を池の西岸のほうに行く。やがて、御玉神社の裏手にやってきた。

太助が立ち止まった。剣一郎はすぐに追いつき傍らに立った。

「青柳さま、あれを」

太助が雑木林のほうを示した。

剣一郎はあっと声を上げそうになった。北町の定町廻《じょうまちまわ》り同心や岡《おか》っ引《ぴ》きら数人が集《つど》っていた。例の神主もいっしょだった。

やがて集った数人は分散し、足元を見ながら歩き回った。

「何か探しているのでしょうか」

太助が言う。

「そのようだな」

何を探しているのかがわからない。

小肥《こぶと》りで足の短い岡っ引きが何かを見つけたらしく、手を上げて騒いだ。秋之進が駆け寄っていた。

「なんでしょうか。あれは……根付《ねつけ》のようです」

「根付か。なぜ、根付を……」

根付は同心が大事そうに懐《ふところ》に仕舞った。

しばらくして、同心たちが引き上げはじめ、こちらに向かってきた。

剣一郎と太助はしゃがみ込んで同心たちをやり過ごした。

雑木林には秋之進と小者、それに神主が残っていた。そのうち、神主が神社に引き上げた。

「今後のことを考えたら、そなたは顔を晒《さら》さないほうがいい」

剣一郎は編笠をとって太助に預けて言い、雑木林に向かって歩きだした。

足音に気づいて、秋之進が顔を向けた。瞬間、眉根《まゆね》を寄せたが、すぐ笑みを浮かべた。

「水川秋之進どの」

剣一郎は声をかける。

「これは青柳さまではありませんか」

秋之進は訝《いぶか》しげに、

「どうしてこのようなところに？」

「水川どのが自死の件を調べているとお聞きし、ここに来れば会えるかもしれないと思ったのです」

「すると、案の定いたというわけですか。少し出来すぎのような気もしますが」

秋之進は冷笑を浮かべる。

「うまい具合にお会い出来てほっとしています」

「青柳さまがわざわざ会いに来てくださるとは身に余る喜びでございます。で、私に何か」

秋之進が笑みを消した。いかめしい顔の小者も秋之進の背後から剣一郎に鋭い目をくれていた。

「世間の噂のことで」

剣一郎は秋之進の反応を窺《うかが》うように顔を見つめる。

「噂ですか」

秋之進は表情を変えずに言う。

「瓦版をきっかけに世間で話題に上っている噂をご存じですか」

「いえ。私は知りません」

「そうですか。巷《ちまた》では水川どのの評判がいいようで」

「はて。なぜでしょうか」

秋之進は首を傾げた。

「水川どのの評判が高まることはまことに喜ばしいことです。ただ、心配事があります。世間は、私と水川どのを対立させようと煽っているのではないかと。それが高じるとお互いにとってもよいことでは……」

「お待ちください」

秋之進は遮《さえぎ》った。

「私は世間の噂など気にしておりません。ましてや、噂に踊らされるような軽薄《けいはく》な男ではありません」

「わかっておりますが、瓦版などは我々を煽っているように見受けられます。その期待に応えんとしたときから無理が生じます」

「青柳さま。どうかはっきり仰っていただけませぬか。私にどうせよと？」

「水川どのが、世間の噂を気にして私に敵愾心《てきがいしん》を燃やすようなことがないようにお願いしたいだけです」

「ご心配いりません。私は私でしかありません」

秋之進は口元を歪《ゆが》めて言う。

「ところで、御玉神社で自死の続いたわけを調べているのはどうしてですか」

剣一郎は肝心《かんじん》な話に入った。

「氏子から頼まれたのです。二十年前に自死した女が魂を引き寄せているという噂が立って困っているので、なんとかしてもらいたいと」

「その氏子の名前は？」

「なぜ、そのようなことを?」

秋之進が逆にきいた。

「神主が、そのようなことを頼んだ氏子が誰かわからないと言っていましたので」

「氏子の名前は聞いていません」

「聞いていないのですか」

「聞いても仕方ありませんからね」

秋之進は平然と答えて、

「ただ、魂が引き寄せられているということを打ち消すために調べはじめたら意外なことがわかりましてね」

「それは?」

「三人目に自死したとされた男はじつは殺されたのではないかという疑いを抱きました。その一件だけ、他と状況が異なり、亡骸が地にありましたので。それで、本腰を入れて調べているのです」

「南町で調べ、自死として始末しているのです。今になって、殺しの疑いが出てきたということに驚いているのですが」

「そのへんの事情は私にはわかりませんが、三人目の男は殺しです。私の使命はこの一件の真相を明らかにすることです」

水川の後ろに佇《たたず》むいかめしい顔の小者は、さっきからじっと剣一郎を見つめている。この男、ほんとうに奉行所の小者なのかと思い、

「失礼だが、そなたは北町の者か」

と、訊ねた。

「さようで」

男は軽く頭を下げる。

「名は？」

「青柳さま、この者が何か」

「いや」

「では、私たちはこれで失礼させていただきます」

秋之進と男は悠然《ゆうぜん》と去って行った。

太助が近づいてきた。

「いかがでしたか」

「やはり一筋縄《ひとすじなわ》では行かない」

編笠を受け取って言い、剣一郎は裏口から神社の境内に入った。

社務所から神主が出てきた。

「ちょっと訊ねたい。今、水川秋之進どのたちは何をしていたのだ？」

「何か残された物が無いか探していました」

「見つかったのか？」

「根付が見つかったようです。般若《はんにゃ》が象《かたど》られていたとか」

「般若の根付か。それが何か言っていたか」

「下手人が落としたそうです」

「下手人？　下手人が見つかったのか」

「そう仰っていました。三人目の男は魂を引き寄せられたのではなく、殺されたのだと。般若の根付がその証となるそうです」

「そうか。邪魔をした」

剣一郎は礼を言い、引き上げかけた。

「もし」

神主が呼び止めた。

「あなたさまはもしや……」

剣一郎は振り返り、編笠を上に上げた。左頰の青痣を見て、神主ははっとしたように頭を下げた。

剣一郎と太助は神主に見送られて神社をあとにした。

三

翌朝、剣一郎の月代《さかやき》を当たりはじめた髪結いがさっそく口を開いた。

「御玉神社の最後の死者は殺しだったそうですね」

「瓦版に出ていたのか」

「昨夜は湯屋の客たちの間で、その話で持ちきりでした。水川秋之進さまはすでに下手人を大番屋にしょっぴいたそうです」

瓦版になるのがあまりに早いと、剣一郎は訝《いぶか》った。

「水川秋之進さまはすごいお方だと評判になっています」

「それで？」

「えっ？」

「もっと何か噂話があるのだろう。わしに遠慮などいらぬ」

「はい」

髪結いは一瞬ためらったが、

「水川秋之進さまは青痣与力を超えただろうと言う声が大きくなってきました」

「そうであろうな。自死として片づけられていたのを殺しだと暴《あば》いたのだからな。だが、その殺しは……」

剣一郎はあとの言葉を呑《の》みこんだ。

金吉は自死だったのだ。下手人がいるはずない。下手人とされた男は明らかに無実の罪を着せられている。

「下手人は殺しを否定しているのか。それとも認めたのか」

剣一郎はふと疑いが浮かんできいた。

「さあ、そこまではわかりませんが、瓦版では証が揃っていて間違いないと」

その証のひとつが昨日見つけた般若の根付であろう。だが、その男は殺していない。無実の者を強引に下手人に仕立てようとしているのか。

だとしたら、町方《まちかた》が新たな罪を犯すことになる。しかし、いくらなんでもそこまでするとは思ってもみなかった。

その後も、髪結いの話は続いたが剣一郎はほとんど聞き流していた。

髪結いが仕事を終えて引き上げたあと、剣一郎が庭に目を向けると太助が駆け寄ってきた。

「待たせたな」

「へい」

「どうだったのだ？」

昨日、あれからも太助は水川秋之進を追っていた。

「あのあと、水川さまは阿部《あべ》川町《かわちょう》へ行き、周辺で聞き込みをしていました。そこに住む鉄五郎《てつごろう》という男を南茅《みなみかや》場町《ばちょう》の大番屋にしょっぴいているようです。どうやら、鉄五郎は殺しを認めているふしがあります」

「やはり、認めているのか」

剣一郎は首をひねった。

金吉は自ら死を選んだのであり、鉄五郎は金吉を殺していない。それなのに、なぜ罪をかぶろうとしているのか。へたをすれば死罪になる。

何か取引や裏に事情が隠されているのか。

「鉄五郎と金吉のつながりは？」

「そこまで聞き出せませんでした、きょう、もう一度行ってきます」

「いや、わしも調べてみよう」

剣一郎は言い、

「それより、鉄五郎を調べるのだ。水川秋之進の調べと異なることが出てくるとも考えられるのでな」

「わかりました。さっそく」

「待て」

剣一郎は呼び止めた。

「よいか。もう瓦版は見るな」

「どうしてですか」

「こうなると、水川秋之進を讃えるばかりに青痣与力を貶《おとし》めるような書き方になろう。そなたは、冷静に物事を見つめることができなくなってしまうのではないか」

「間違ったことを書かれちゃ、あっしだって」

「太助。じつは今度の噂に関してはどうも気になることがある」

「気になること？」

「髪結い床や湯屋などで今回の件が噂になっているということだ」

「へい。居酒屋なんかでもひとが集まるところではその話で盛り上がっているようです。みな瓦版を読んで……」

「いや、瓦版だけだろうか」

「と、おっしゃいますと？」

「誰かが意図をもって噂を撒き散らしているのではないか。そんな気がしてならない」

「誰かがですかえ」

「そうだ。むしろ、そっちのほうが大きいような気がする。何者かがわざと瓦版をもとに噂を持ちだす」

「誰が、何のために？」

「わからぬ。瓦版についてはもう少し様子をみたい。それより、今は鉄五郎のことだ」

「京之進さまの見立てに間違いはないのですかえ。殺しの証を見逃して自死としてしまったということは？」

「京之進だけでなく検死した与力も殺しではなく自死と見たのだ。ひとのやることだから、完璧とは言えまいが……」

「青柳さまは京之進さまを信じていらっしゃるのですね」

「信じている。ただ、京之進は自信をなくしているようだ」

剣一郎は京之進たちが出した答えを信じているが、世間は見立て違いもあり得ると思うだろう。

いや、世間は水川秋之進が正しいとみるに違いない。世間だけでなく、奉行所の者も世間の評判に引きずられて秋之進のほうが正しいという思いになっているかもしれない。

「ひとの口に戸は立てられない。そのような評判も、鉄五郎の件次第で変わる。我らは真実を突き止める。それしかない」

なぜか、剣一郎は追い詰められたような心持ちになっていた。


屋敷を出た剣一郎は、南茅場町にある大番屋に足を向けた。

大番屋の戸を開けて土間に入る。

北町の同心から手札《てふだ》をもらっている岡っ引きがいた。小肥りで足の短い男だ。

そのせいか、どっしりした印象だ。

「これは青柳さまで」

岡っ引きは頭を下げた。

「金吉殺しの下手人を捕まえたときいたがほんとうか」

「へえ、ほんとうです」

「名は？」

「鉄五郎という男です」

「何者だ？」

「へえ。煙草《たばこ》売りということでしたが、実際は空き巣狙いだったようです」

「住まいは？」

「阿部川町の久兵衛店《きゆうべえだな》です」

「鉄五郎は金吉殺しを認めているのか」

「へい」

「なぜ、鉄五郎が浮かび上がったのだ？」

「金吉を殺すところを見ていた者がおりました」

剣一郎は水川秋之進とともに歩いていた男を思い出した。

「ひょっとして、物乞いの男か」

「ご存じでしたか。そのとおりです」

「その物乞いはなんという名だ？」

「そいつはご勘弁《かんべん》を」

「言えないのか」

「与力の水川さまから取り調べが済むまでは誰に対しても話してならないと言いつけられていますんで」

「わしにもか」

「へえ」

「しかし、鉄五郎は罪を認めたのではないか。ならば、教えても差し支えあるまい」

「へえ、ですが……」

「まるで、物乞いの男を隠しているように感じるが」

「とんでもない」

「鉄五郎に会わせてはもらえぬか」

「申し訳ございませんが、ご勘弁を」

「なぜだ？」

「それは……」

岡っ引きは言い淀んだ。

「なんだ？」

「鉄五郎が急に態度を変えてしまうかもしれないので」

「わしが口を封じるとでも思っているのか」

「……………」

「まあいい。鉄五郎が罪を認めたのであれば小伝馬町《こでんまちょう》に送るのか」

「へい。今、同心の旦那《だんな》が奉行所に入牢証文《じゅろうしょうもん》をもらいに行っています」

「そうか」

強引に奥の仮牢に行って鉄五郎に会ったところで無駄足となったかもしれない。鉄五郎が何らかの取り引きをしているのであれば正直に話すはずはない。

「邪魔をした」

剣一郎は大番屋を出た。


剣一郎は浅草《あさくさ》阿部川町に向かった。

新堀川沿《しんぼりがわ》いに阿部川町の町並みが続いている。剣一郎が下手人とされた鉄五郎の住んでいた久兵衛店に向かいかけたとき、ちょうど太助が現われた。

「青柳さま」

「どうだ、何かわかったか」

「へい。鉄五郎は三十二歳で、煙草売りをしていたそうです。金回りはよかったと、長屋の住人が言ってました。煙草売りってそんなに儲《もう》かるのかと、不思議がっていました」

「そうか」

「でも、妙なんです」

「妙?」

「鉄五郎は十日ほど前から長屋に帰っていないようなのです」

「どういうことだ?」

「わかりません。隣家の住人が鉄五郎の部屋から物音ひとつせず帰ってきた様子もなかったと言ってました」

「すると、水川どのはどこで鉄五郎を捕まえたのか」

剣一郎は不審に思った。

「鉄五郎がいなくなるころ、誰かが訪ねてこなかったかどうか調べた方がいいな」

「へい。さっそく調べます」

「あっ、待て」

剣一郎は呼び止めた。

「太助が何度も長屋に押しかけて怪しまれてはいけない。今のことはわしが調べる」

「疑われましょうか」

「用心したほうがいいだろう」

剣一郎はそう言い、

「太助には別のことを頼みたい。水川どのとわしの噂を撒き散らしている者がいるかもしれない。湯屋の二階で実際に噂を聞き、そもそも誰が言いだしたかを調べるのだ」

「わかりました」

剣一郎は太助と別れ、来た道を引き返した。

向柳原《むこうやなぎわら》から新《あたら》シ橋《ばし》を渡り、ふと思いついて小伝馬町の牢屋敷の前を通った。

ここに鉄五郎は送り込まれたのか。

そう思いながら小伝馬町の通りに出たとき、前方に同心の姿を認めた。きのう池の畔《ほとり》で見た同心だ。横にさっき会ったばかりの岡っ引きがいて、縄をかけられた男を引き連れていた。

剣一郎は商家の脇に身を隠し、一行を待った。

やがて、一行が近づいてくる。

剣一郎は縄をかけられた男の顔を見た。瘦《や》せて頰骨《ほおぼね》が突き出ていた。この男が鉄五郎だろう。不思議なことに、鉄五郎の表情に不安の色はあるものの追い詰められたような感じはしなかった。観念した様子でもない。

しっかりした足取りで、鉄五郎は牢屋敷に入っていった。

鉄五郎を見送ってから、剣一郎は奉行所に向かった。

与力部屋に行ったが、風烈廻《ふうれつまわ》り同心の礒島源太郎と大信田新吾は見廻りからまだ戻っていなかった。

七つ（午後四時）になって帰り支度《じたく》をする者が多くなったが、剣一郎は宇野清左衛門から呼ばれた。

年番方与力の部屋に行くと、清左衛門はすぐに文机の前から立ち上がった。

「長谷川どのがお呼びだ」

「長谷川さまが？」

「なんだか知らぬが、少し興奮しておられた様子だ」

まさか金吉の件ではないかと、剣一郎は困惑した。

「宇野さま」

部屋を出る前に、剣一郎は声をかけた。

「御玉神社の件をお聞きになりましたか」

「北の水川秋之進が動いているということか」

「じつは昨日、北町が下手人を捕まえ、きょう牢送りにしました」

「なに、どういうことだ？」

「御玉神社脇の雑木林で最後に首を括って死んだ金吉は、自死ではなく殺されたのではないかと疑い、水川どのはこの一件を調べていました。そして、昨日、下手人を捕まえたとのこと」

「まことか」

「はい。詳しい経緯はわかりませんが、下手人を捕まえたのは事実です。先ほど下手人とされている鉄五郎なる男が、牢に入るのをこの目で確かめてきました」

「長谷川どのの用件はこのことかもしれぬな」

清左衛門は顔をしかめた。

内与力の用部屋の隣にある部屋に赴くと、すぐに長谷川四郎兵衛がやって来た。

向かいに腰を下ろした四郎兵衛は大きく息を吐き、

「下城されたお奉行は北町奉行から、南町が自死と決めつけた一件の真相を、当番方与力の水川秋之進が殺しであることを突き止め、下手人を捕らえたと自慢していたそうだ。そのことを承知しておるか」

と、いきなり口を開いた。

「その事実は承知しております」

剣一郎は答える。

「なんと、呑気《のんき》な」

四郎兵衛は眉根をつり上げ、

「よう聞け。ご老中も水川秋之進を讃えられていたそうだ。青痣与力以上の者が北町から出てくるとは、とな」

「ご老中とはどなたでしょうか。ひょっとして、相模守さまでしょうか」

「そこまでは知らぬ。だが、老中のどなたであろうが、青柳どのと水川どのは比べられているのだ。それはすなわち、南町と北町の……」

「長谷川どの」

清左衛門が口をはさんだ。

「南町と北町の問題に発展するとでも仰るのか。そこまで大仰なことでしょうか」

「これは異《い》なことを。聞けば、巷では近ごろ、水川秋之進どのの評判が高まっているそうではないか」

「そのようです」

清左衛門は不快そうに答える。

「御玉神社近くで三人の首吊りがあった。二十年前に死んだ女の魂が三人の男を引き寄せたのではないかという噂が立ったので、神社の氏子は青痣与力が真実を明らかにしてくれると期待したが、いっこうに動く気配はない。そこで、北町与力の水川秋之進どのを頼った。水川どのはさっそく調べ、三件目の死は自死に見せかけた殺しだと見抜いた。これは南町にとって由々しきことではないか」

四郎兵衛は興奮して、

「殺しを自死と誤った落ち度だけでなく町の衆の期待に応えようとしなかった。

南町は頼りにならぬ。これからは北町の水川秋之進だ。もはや、青痣与力の時代は終わったと巷では噂している……」

「長谷川どの」

清左衛門は膝《ひざ》を進め、

「今のことを口にされた方がいらっしゃったのでしょうか。青柳どのと水川どのを比べているのはどなたですか」

「どなたもなにもない。ただ、巷の噂を口にしただけであろう。青柳どの」

四郎兵衛は剣一郎に厳しい顔を向け、

「お奉行は、そなたがなぜ氏子たちの期待に応えようとしなかったのかと残念がっていた。いや、落胆しておられた」

「言い訳と思われましょうが、私はその件で何の依頼もされていません」

「しかし、世間はそう見ていない。青柳どのに断られ水川秋之進に話を持って行った、そしたら、すぐに動いてくれた。世間はそう見て、水川秋之進は世間から喝采《かっさい》を浴《あ》びておるのだ」

剣一郎はやはり世間の噂を思うように操っている者がいると確信せざるを得なかった。だが、誰がなんのために……。

「青柳どの。あの三件の自死を扱ったのは植村京之進であるな」

四郎兵衛が口を歪《ゆが》めて言う。

「そうです」

「殺しを見過ごした罪は重い。そして、そのことに無関心だった青柳どのの責任も大きいと言わざるを得ない」

「お待ちください」

剣一郎は口を入れた。

「北町の詮議《せんぎ》はこれからでございます。まだ、殺しがあったのかどうかもわかっていません」

「何を申すか。下手人は自白したというではないか」

「この件には何か裏があるように思えてなりません」

「裏だと。ばかばかしい」

四郎兵衛が鼻で笑った。そして、目を剝いて、

「たかが職人の死に陰謀が隠されていると申すのか。やはり、青柳どのも焼きが回ったようだな。それだから、北町の若い与力に先を越されるのだ」

「長谷川どの。それは言い過ぎでござろう」

清左衛門が反発した。

「宇野さま。今は何を言っても言い訳になってしまいます」

剣一郎は押しとどめ、

「長谷川さま。どうか、しばらく猶予《ゆうよ》を」

と、訴えた。

「なに、猶予とな」

「今回の件につき、どうも気になることが幾つかあります。北町で、鉄五郎という男の詮議が終わるまでに必ずやほんとうの真相を摑んでみせます」

「青柳どの、単なる強がりではあるまいな」

四郎兵衛は冷やかにきいた。

「いえ」

「ならば、待とう。お奉行にもそう伝えておく」

そう言い、四郎兵衛は立ち上がって、そのまま部屋を出て行った。

「青柳どの。何か思うことがおありか」

「はい。何か裏で大きなものが動いているような気がしてなりません」

このままでは引き下がれない。自分だけではない。京之進の名誉を守るために闘わねばならぬ。剣一郎は見えない敵に立ち向かって行く決意を固めた。

四

翌朝の髪結いは、開口一番で御玉神社裏でのことを話し出すと思いきや、どこそこで女同士の取っ組み合いの喧嘩《けんか》があったとか、縁台将棋で十歳の子どもが将棋自慢のおとなたちを立て続けに破ったとか、そういう話をしていた。

「何かわしに隠しているのではないか」

剣一郎は髪を梳《と》かしてもらいながらきいた。髪結いの櫛《くし》を動かす手が一瞬止まった。

「別に……」

「御玉神社裏の一件で何かなかったか」

「へえ」

髪結いは返答に詰まったようだ。

「いつもそなたが噂を持ってきてくれるので助かっている。だが、わざと噂を教えてくれないというのは困る。世間で今、何が関心を集めているのかを知らないことになる」

「すみません」

「わしへの気兼ねは無用だ」

剣一郎は話すように促した。

「瓦版にも出ましたが、北町の水川秋之進さまが、下手人を捕まえたと評判になっています。自死として片づけられたのを、殺しだと明らかにした水川さまの手腕に、あちこちから称賛の声が出ているようです」

「わしのことも何か書かれていたのだな」

髪結いがなかなか触れようとしなかったのは、剣一郎の評判が落ちているからであろう。

「そのようです」

「どんな内容だ」

「庶民の願いをきいて下さったのは北町の水川さまだけで、青痣与力は依頼に臆《おく》したと。それ以上に気になるのが、これまで南町で手がけた事件、とくに青痣与力が解決した事件に不審が生まれたと」

「なに、わしが手がけた事件にも間違いがあるのではないかと瓦版が書いているのか」

　もしや狙いはそこにあるのだろうかと、剣一郎は思った。

「頼みがある」

「へい」

「ひとが集まる髪結い床で噂が出るのはいたしかたないが、その噂は誰からとも
なく出るのか、いつも言い出す者が決まっているのか、その辺《あた》りのことに注意を
向けてもらえまいか」

「噂の口火を切る者ですかえ」

　髪結いは不思議そうにきいた。

「そうだ。一番べらべら噂を喋《しゃべ》る者がいるかもしれない」

「わかりました。噂好きの連中にきいてみます」

　髪結いは応じた。

　太助にも湯屋を調べるように言ってある。そこから何かが見えてくるかもしれ
ない。だが、噂のことより肝心《かんじん》なのは鉄五郎のことだ。

　鉄五郎は金吉殺しを自白した。なぜ、自分が死罪になるかもしれない重罪を認
めたのか。自白があればほぼ下手人と決まったようなものだ。

それをどう覆《くつがえ》すか。激しく吹きつける風に向かって立ち進むような困難を乗り越えねばならないと、剣一郎は思わず拳を握りしめていた。

その日、出仕《しゅっし》した剣一郎は与力部屋に京之進を呼んだ。

「北町が金吉殺しの下手人を捕まえ、すでに牢送りにした」

剣一郎は切り出す。

「聞いています」

京之進の目はどこか虚《うつ》ろだ。憔悴《しょうすい》している。この件で世間の非難が集まっているのは剣一郎のほうだ。それも、京之進は気に病んでいるのだろう。

「青柳さま。金吉の周辺を調べたとき、鉄五郎という男の影さえありませんでした。なぜ、今になって鉄五郎が現われたのか、腑《ふ》に落ちません」

「殺しを見ていた者がいたらしい」

「えっ？」

「神社の賽銭を盗もうとした物乞いが金吉が殺されるのを見ていたそうだ」

「物乞いが？」

「その物乞いの正体は明らかになっていない。果たしてほんものかどうか」

「偽りだと？」

「わしは一度見かけたのだが、奴の鋭い眼光はただの物乞いとは思えぬ」

「…………」

「それから気になる男がもうひとりいる」

「誰ですか」

「水川秋之進についている小者だ。この男もただ者ではない。ほんとうに北町の小者か」

「調べてみましょうか」

「いや、そなたが動くと目立つ」

剣一郎は眉根を寄せ、

「この件には何か裏がある。水川秋之進自身が企んだのか、あるいはあの者も何者かに操られているのか……」

剣一郎は疑問を口にし、

「だが、何者かが企んだのだとしても、その狙いがわからぬ。金吉を自死ではなく殺しにすることで何を得ようとしているのか」

「南町の探索を貶《おとし》めるためでは？」

京之進は口にする。

「いや。南町と北町の対立が原因ではない」

「ならば、私でしょうか。私を貶めんと」

「いや。瓦版や巷の噂になっているのはわしと水川秋之進どののようだ。つまり、狙いはわしだろう」

「なぜ、青柳さまを」

「わからぬ。ただ、水川秋之進の評判を高め、わしを貶めようとしている動きがあるのは間違いない。御玉神社の件でたまたまそうなったのか。それとも……」

剣一郎は言葉を切り、

「いや、まだ何もわからぬうちから思いこむのはやめよう」

と、京之進の顔を見つめ、

「そなたにやってもらいたいことがある」

「なんでしょうか」

「おそらく鉄五郎は何か事件を起こしているに違いない。その事件を巡って、鉄五郎は北町となんらかの取り引きを行なったのではないか」

「取り引きですか」

「そうだ。このひと月内に起こった中で、北町が掛かりで下手人がわからぬままになっている事件を洗い出してくれぬか。あくまでも北町に気づかれぬように」

「わかりました」

「しばらく過ちを犯した同心として肩身が狭いだろうが、真実を探り出すためだ。あくまでも自分の調べが間違いだったという姿勢でいてもらいたい。そのほうが敵も油断する」

「畏《かしこ》まりました」

「わしのほうは鉄五郎と金吉のつながりを調べる。おそらく、水川秋之進の回答と食い違うはずだ。そこに付け入る隙が生じる」

剣一郎の励ましに、京之進はようやく元気を取り戻して引き上げた。

そのあとですぐに剣一郎は吟味方《ぎんみかた》の部屋に行った。

「橋尾《はしお》どの」

剣一郎は左門《さもん》に声をかけた。

吟味方与力の橋尾左門は剣一郎の竹馬《ちくば》の友で、屋敷にもしょっちゅう遊びにくる仲だった。

冗談好きなくだけた男だが、奉行所内で会うときはまったく別人だ。

「青柳どの、何か」

いかめしい顔を向けて言う。

「今夜、我が家に来ていただけませぬか」

「わかり申した。伺《うかが》おう」

「お願いします」

それだけ言って、剣一郎は吟味方の部屋を出た。

吟味方与力の見習いをしている剣之助が目顔で会釈《えしやく》した。

半刻（一時間）ほど後、剣一郎は阿部川町に行ったが、太助には会わなかった。鉄五郎の調べを終え、噂話のほうを調べているのかもしれない。

剣一郎は鉄五郎が住んでいた長屋木戸をくぐった。井戸端にたむろしていた女房連中が編笠をかぶった剣一郎をじっと見ている。

剣一郎のほうから声をかけた。

「ちと訊ねるが、鉄五郎の住まいはどこだな？」

「一番奥ですよ」

小肥りの女は答えてすぐ、

「でも、いませんよ」

「いないのか」

剣一郎は知らぬふりをしてきいた。

「ええ」

「どうしたのか」

「牢に入ったそうです」

痩せて背の高い女が割って入った。

「牢に？」

「ご存じありませんか。御玉神社の裏で首を縊《くく》って死んだ男は、じつは鉄五郎さんが殺していたって話なんですよ」

色の浅黒い女が口をはさむ。

「北町与力の水川秋之進さまが見破ったそうですよ。水川さまは南町の青痣与力より腕が良いと評判ですよ」

「そうか」

剣一郎は苦笑して聞き、

「鉄五郎はここから連れて行かれたのか」

「いえ、その前から十日ばかし帰っていませんでしたから」

「どこに行っていたか心当たりはないか」

「ありませんねぇ」

「その間、誰か訪ねてきたか」

「いえ、誰も」

「十日ほど前に、鉄五郎を訪ねてきた者はいないか」

「いましたよ」

最初の小肥りの女が言う。

「男か女か」

「細身でいかめしい顔の男でした。挨拶《あいさつ》しても愛想がなくってこっちを見向きもしなかった……」

「細身でいかめしい顔……」

すぐに思い浮かんだのは、水川秋之進についていた小者だった。

「鉄五郎はその男といっしょに出て行ったのか」

「そう言えば、そうだったかも」

瘦せて背の高い女が言い、

「お侍さまはどなたなのですか」

と、不審そうにきいた。

「鉄五郎に金を貸していた者だ」

「やっぱり鉄五郎さんには借金があったんですか。とても羽振《はぶ》りがよかったみたいだけど」

「鉄五郎と親しい者はいたか」

「いえ。ほとんど人付き合いはなかったみたい」

「女は？」

「うちの亭主が鳥越《とりごえ》神社の裏にある呑み屋に入っていく鉄五郎さんを見かけたことがあったと言っていたわ」

痩せて背の高い女が腰をかがめ、剣一郎の編笠の中の顔を覗き込もうとしていた。

「その呑み屋は女がいるのか」

「そうみたい」

「なんという呑み屋か聞いてないか」

「聞いてないわ。それより、お侍さん、ひょっとして」

痩せて背の高い女は諦めずまた顔を覗き込もうとした。

「邪魔をした」

噂好きの女房たちに挨拶をし、長屋木戸を出た。

徐々に見えてきたものがある。

少なくとも十日ほど前には、水川秋之進についている小者が鉄五郎に目をつけていたようだ。金吉殺しで捕まったのは二日前。それまでの間、鉄五郎はその小者といっしょにいたのではないか。

そして、時期が来て、金吉殺しで捕まった。隠れていた八日間ほどで、鉄五郎は何らかの取り引きを迫られていた。

新堀川沿いを鳥越神社のほうに向かった。

鳥越神社の裏手に、数軒の呑み屋が並んでいた。まだ店は開いてなかった。鉄五郎は金回りがよかったという。剣一郎は編笠をとって『叶家《かのうや》』という大きな店の戸を引いた。

広い土間に入って、呼びかける。

女将《おかみ》らしい女が出てきた。

剣一郎の左頰の青痣を見て、

「青柳さま」

と、あわてて腰を折った。

「つかぬことをきくが、この店に鉄五郎という男が通っていなかったか」

「煙草売りの鉄五郎さんでしょうか」

「そうだ」

「はい。いらっしゃってくれました」

「誰か馴染《なじ》みの娘はいたのか」

「はい。お糸《いと》を贔屓《ひいき》にしていました」

「お糸か。今、会えるか」

「それが……」

女将は困惑した顔をし、

「お糸は辞めました」

「辞めた？　いつだ？」

「二日前です」

「二日前？　前々から決まっていたのか」

「いいえ。いきなりの話で……」

「急だったか。で、理由は？」

「ただ、事情があってとだけ」

「どこに行ったのかわからないか」

「わかりません。誰にも行き先を告げずに辞めて行きました。仲がよかった娘にも何も話していません」

女将はため息をつき、

「お糸の贔屓のお客さんの誰もが辞めることさえ知らなかったのです」

「お糸はどこに住んでいた？」

「住み込みです。裏に女たちの部屋が……」

「住み込みか」

長屋であれば隣家の者が何か知っている場合もあるだろうが、と剣一郎は微《かす》かにため息をつき、

「鉄五郎が最後にやってきたのはいつだ？」

と、確かめた。

「半月以上前だと思います」

剣一郎はふと思いついてきいた。

「この十日以内に、お糸に新しい客が来たか」

「名指しで来たお客さんがひとりおります」

「名は？」

「いえ、聞いていません」

「どんな男だ？」

「年の頃は三十ちょっと。細身で目つきの良くない、いかつい顔の男でした」

あの小者に違いないと思った。

「なぜ、その男のことをよく覚えているのだ？」

「そのお客が来たあとに辞めると言いだしたので、その男がお糸を唆《そそのか》したのかもしれないと思ったものですから」

「何かそのような話をしていたのか？」

「わかりません。でも、お糸はどこか稼ぎのいい店に移ったのだと、皆が言っています」

「そうか。もし、お糸の行方がわかったら教えてもらえぬか。自身番を通して知らせてくれればいい」

そう言ったあと、

「お糸に会いに北町の者が来なかったか」

「いえ」

「誰もか。たとえば、今評判の北町の与力水川秋之進どのは？」

「いえ、いらっしゃいません」

女将は答えたあと、

「鉄五郎さんがひと殺しというのはほんとうなんですか」

と、きいた。

「その疑いで捕まっている」

「そのこととお糸が辞めたことと何か関わりが？」

女将は不安そうにきいた。

「女将はどう思うのだ？」

「わかりませんが、私は無関係ではないような気がします。だって、ほぼ同時に起こっていますから」

的を射《い》ていた女将の鋭い勘に、剣一郎は黙って頷いた。

女将の話をきき、改めて用意周到《しゅうとう》に練《ね》られた企みだということを思い知らされた。

五

その夜、八丁堀の屋敷に、まず太助がやって来た。

夕餉《ゆうげ》を共にとったあと、居間に移った。

「いくつかの湯屋に行き、二階で休んでいる客にきいてみました。すると、どこでも最初は、瓦版を持った客がまわりの者に見せて、大声で噂をはじめたそうです。どこもがっしりした体格の三十前の男がはじめているようです」

太助は憤然《ふんぜん》として、

「わざと噂を撒き散らしている者がいるんじゃないですかえ」

「おそらくそうだろう」

剣一郎は不快そうに言う。

「その男を見つけてとっつかまえましょう」

太助は意気込んだ。

「いや、もうこれからはその男は現われないだろう。すでに十分に関心は引き付けたのだ。その上で、下手人も見つかった。もう放っておいても噂になる」

「狙いはやはり青柳さまを貶めるためでしょうか」

「そうだ。そのために、水川秋之進を際立《きわだ》たせようとしているのではないか。御玉神社の件を殺しだと暴いたことで、水川秋之進の名声がますます高まろう。それに付随して、わしの評判は悪くなる」

「なんでですかえ。なんのためにそんなことを？」

太助が目を剝いてきく。

「わからぬ。わしが手がけた事件で捕縛された者の仲間による仕返しか」

そう思ったが、仕返しならそんなまどろっこしいことなどせず、他にもっとやりようがあろう。

それともやはり青痣与力という名を貶め、剣一郎を凡庸《ぼんよう》な与力に仕立てることが復讐なのか。

「鉄五郎のことで何かわかりましたかえ」

「例の水川秋之進についている小者の男がいろいろ動いていた。まず、鉄五郎が長屋からいなくなったときもこの小者が現われていた。さらに、鉄五郎はお糸という料理屋の女のところに通っていた。『叶家』という店だ。ところが、お糸が二日前に突然店を辞めて、誰も行く先を知らない。そこでもお糸がいなくなる前に、この小者が現われている」

「そいつがお糸って女をどこかに移したんですね。ということは、お糸は鉄五郎が捕まったあらましをよく知っているってことですね」

太助は考えて言う。

「そうだ。お糸に喋られたら企みが失敗するぐらいの恐れを抱いていたのだろう。金吉を殺したのが鉄五郎ではないとわかってしまう」

「じゃあ、お糸を探し出せば」

太助は身を乗り出して、

「物乞いの男が見つかったとしても、喋りそうにもありませんが、お糸なら問い詰めれば話してくれるんじゃないですかえ」

「しかし、お糸を探すのは難しい」

「やってみます」

「お糸は『叶家』に住み込みだった。聞き込みは『叶家』に行くしかない。太助、客として上がって、きき出すしかないな」

「へえ」

「よし、あとで多恵から軍資金をもらえ」

「いえ、そのぐらいの銭は……」

「遠慮するではない」

「へえ、すみません」

部屋の外で人の声がした。橋尾左門がやって来たのだろう。

すぐに勝手に襖を開けて、左門が入ってきた。

「太助もいたか」

左門は頷きながら太助が空けた剣一郎の向かいに腰を下ろした。奉行所での厳格な顔とは別人である。

「久しぶりにやって来た。どうも、おるいがいなくなってからここに来る楽しみが減ってな」

剣一郎の娘のるいは左門の話をいつも笑い転げるようにしてきいていた。そんなるいを左門は可愛《かわい》がってくれていたのだ。

るいが嫁《よめ》に行ったとき、剣一郎以上に寂しがっていたのは左門だった。

「何か話があるのか」

左門は笑みを浮かべながらきいた。

「巷の噂を聞いているか」

「御玉神社の……」

　左門は真顔になった。

「そうだ。南町で自死としてけりをつけた金吉の死を、北町与力の水川秋之進が乗り出して殺しであることを見抜いた。そして、鉄五郎という男を捕まえた」

「そなたはそのことが受け入れられないのだな」

「こっちの始末を覆された恨《うら》みで言っているのではない。京之進の調べに手落ちはなかった」

「しかし、そなたも手落ちがなかったと思い込んでいるだけではないのか」

　左門はあえて異論を口にする。

「もちろん、すべてにおいて完璧はない。京之進もわしも何か見落としがあって真実を見失っていることも考えられなくはない。だが、そのことはさておき、鉄五郎が金吉を殺したということに腑《ふ》に落ちない点が多々あるのだ」

　剣一郎は殺しを見ていたという物乞いの男や『叶家』のお糸の話をし、

「だが、鉄五郎は殺しを認めている。ここが最大の謎《なぞ》だ」

　と、顔をしかめた。

「死罪になるかもしれぬのに、なぜ罪を認めたのか、不思議だな。そなたはどう見ているのだ？」

　左門がきいた。

「これはあくまでも憶測《おくそく》に過ぎないが、鉄五郎は水川秋之進と何か取り引きをしたのではないだろうか」

「取り引き？」

「そうだ。鉄五郎は別の重大事件に関わっているのかもしれない」

「なるほど。で、わしに何を？」

　左門が厳しい顔を向けた。

「これから北町で鉄五郎の詮議がはじまる。鉄五郎に裁きが下る前に真実を明らかにしなければ、取り返しのつかない事態になる」

「うむ」

「そなたは、北町の吟味方与力とも付き合いがあろう」

「まあ、それなりにある」

「鉄五郎に関わる詮議の内容を知りたいのだ」

「詮議の内容？」

「どういう経緯で鉄五郎に疑いの目が向かったのか。鉄五郎がなぜ金吉を殺したのか。それを知りたいのだ」

「わかった。だが、そなたも北町に知り合いはたくさんいよう」

「いや、わしは表立って動けない。当事者でもあるのでな」

「そうか。いいだろう。やってみよう」

「あくまでも、さりげなくだ」

「わかっている」

「まずは第一回の詮議の様子だ」

剣一郎は念を押した。

「それにしても、どうして急に北町の水川秋之進の評判が高くなったのだ。そんなに有能な男か」

左門が不思議そうな顔をした。

「有能であることは間違いない」

「そなたよりか」

「世間はそう思っているかもしれない」

「なんとも思わないのか」

「別に」

「青痣与力の名が……」

「わしはそんなこと気にしてはいない」

「そうだろうな。そなたはそういう男だ」

左門は合点《がてん》したように頷き、

「しかし、どうも不思議だ」

と、首を傾げた。

「なぜ、瓦版までが水川秋之進を讃えるのか。水川秋之進の評判を上げることにかこつけて、そなたの評価を下げようとしているように思えてならぬのだが」

左門は疑問を口にした。

「そうかもしれぬ」

剣一郎も応じた。

「そなたもそう思うか」

「だが、誰が何のためにそのようなことをするのかが見当《けんとう》もつかない」

「そなたに恨みを持つものではないのか」

「わしが手を貸して捕縛した悪党仲間は恨みを持っていよう。だが、瓦版を使い、ひとを使って噂を広める。そこに御玉神社の件だ。これは北町とのつながりがあってはじめて出来ることだ。わしを恨んでこれだけの大仕掛けが出来る者など……」

剣一郎ははっと閃《ひらめ》くものがあった。

「どうした？」

「わしのことを疎《うと》ましく思い、これほどの大仕掛けが出来る者は……」

「心当たりがあるのか。誰だ？」

左門が身を乗り出した。

「いや、想像でしかない」

「それでも構わん。誰だ？」

「老中の磯部相模守さま」

剣一郎は思わず口にした。

「相模守さまだと」

左門が顔色を変えた。

「いつぞやの献上品窃取の件に絡んでのことか」

左門も先日の一件に思いが至ったようだ。

「そうだ。だが、相模守さまだという証はない。それに、相模守さまがなぜそのようなことをするのか、わけがわからぬ」

「青痣与力の名声が地に落ちれば溜飲《りゅういん》が下がる。それが狙いではないのか」

「いや。その程度のことで、あれほどの企みをするとは思えぬ」

「では、何か他に狙いがあると言うのか」

「わからん」

剣一郎は思い浮かばなかった。

「失礼します」

襖が開き、剣之助が顔を出した。

「橋尾さまがいらっしゃっているというので、ちょっとご挨拶に」

剣之助は凜々《りり》しい顔を向けて言う。

「剣之助。屋敷に帰ってまで気を使わんでいい」

左門が豪快に言う。

「恐れ入ります」

剣之助は左門の下で吟味方与力としての修業をしている。

「剣之助。そなたはわしへの挨拶というのは口実で、親父どのに何か用があったのではないか」

左門は見抜いて言い、

「どうやら、図星《ずぼし》らしいな」

と、笑った。

「剣之助、何か」

剣一郎は声をかえる。

「じつは、ある噂を耳にしまして」

剣之助は口を開いた。

「誰から聞いたのだ？」

左門がきく。

「当番方《とうばんかた》与力の鍋島《なべしま》どのです。今、当番方の間では、北町の水川秋之進どのの話で持ちきりだそうです。青痣与力を超えた凄腕《すごうで》の呼び声が高いと」

「南町の者までそんな話をしているのか」

「はい。訴訟のために奉行所にやってきた公事人《くじにん》溜まりでも、そういう噂が囁《ささや》かれているそうです」

「そうか」

剣一郎はため息をついた。

「同じ当番方なので、よけいに水川秋之進どのに関心を持ったようです」

剣之助は特に動揺しているようには思えなかった。

「父上。鍋島どのは水川秋之進どのと剣術道場でいっしょだったそうです。鍋島どのが何かお役に立てないかと申し出てまいりましたが」

「心配をかけているようだの」

剣一郎は穏《おだ》やかに、

「かたじけないと申していたと。いずれ、そのときが来たらお願いするかもしれぬと伝えてもらおう」

「畏まりました」

剣之助は頭を下げた。

「剣之助」

「はっ」

「わしの動きを南町の者とて、何も喋らないように」

そう注意をして、剣一郎は続けた。

「水川秋之進が鍋島を使ってこちらの様子を探ろうとしているということも考えられなくはない。すべてに用心してかからねばならぬ」

「…………」

剣之助ははっとしたような表情をし、そして事態の重大さに思い至ったように厳しい表情になった。

剣一郎も改めて、敵の狙いがどこにあるのかに思いを巡らせた。

第三章　すり替え

一

翌日の夕方、剣一郎は小石川にある湯浅家に赴《おもむ》いた。

奉行所《ぶぎょうしょ》から帰ると、文七郎からの使いが待っていて、今夜訪問したいという言伝《ことづ》てだった。

使いの者が小石川に戻って、改めて文七郎が来るより、自分が出向いたほうが早い。おそらく、加賀友禅《ゆうぜん》の反物《たんもの》の件だろうと考え、早く返事を聞きたいという思いが強かったのだ。

玄関で、先ほどの使いの者が待っていた。

「どうぞ」

「最前はごくろうだった」

剣一郎は使いをねぎらって、玄関を上がった。

すでに文七郎が出て来ていた。

「申し訳ございません。私がまっすぐお伺いすべきでした」

「いや。わしの屋敷に張りついてひとの出入りするのを見張っている輩がいるやも知れぬ。わしもここまで来るのに細心の注意を払った」

　そう言い、剣一郎は文七郎の部屋に入った。

　差し向かいになって、文七郎が口を開いた。

「一年ほど前、献上《けんじょう》された加賀友禅の反物を富士見御宝蔵《おたからぐら》に収めるとき、反物を検《あらた》めたお方がわかりました。御納戸役《おなんどやく》の大石《おおいし》どのです」

　文七郎は息を継いで、

「大石どのにお願いし、富士見御宝蔵に入り、密《ひそ》かに加賀友禅の反物を調べていただきました。大石どのは首を傾《かし》げておられました」

「物が違うと？」

　剣一郎は思わず口をはさむ。

「はっきりと言い切る自信はないそうですが、どこか違うようだと仰《おつしや》っておりました」

「どこがどう違うか言っていたか」

「一年ほど前に見たときは色鮮やかな中にくすんだ色の文様がちりばめられていたようだと。ですが、今見ると、そのくすんだ色がないと」

「くすんだ色の文様か」

「もしかしたら光の加減かもしれないと、窓のほうに移動して検めたが、光沢があり、鮮やかな草花の文様が見事で、くすんだ色は見当たらなかったそうです。大石どのが仰るには触れた感じや模様はまったく同じだったと」

「くすんだ色とはどんな色なのだ？」

「鈍《にぶ》い灰のような色合いだったと」

「そうか。いずれにしろ、加賀友禅の反物は献上されたときのものと別物かもしれぬのだな」

「はい」

「このこと、なぜ調べるのか不審をもたれなかったか」

「はい。私の単なる好奇心からだと言って頼みました」

「そうか」

「どういうことでしょうか。なぜ、加賀藩は別物を返却したのでしょうか」

「返却する前に献上品を汚してしまった。それで急遽《きゅうきょ》、代わりの物を用意したということも考えられなくはないが、おそらくそうではあるまい」

「では、すり替えるために……」

「そうとしか考えられぬ」

「なぜでしょうか」

「わからぬ。何のためか」

剣一郎は首をひねった。

「しかし、すり替えたのだとしたら、もともとの加賀友禅は加賀藩の上屋敷に置いてあるはずだな」

剣一郎はそれを見てみたいと思った。

「そういえば……」

文七郎が思い出したように、

「大石どのがこんなことを仰っていました」

と、続けた。

「加賀藩からの加賀友禅の反物は、鶴姫《つるひめ》さまへ差し出されたものだそうです」

鶴姫は将軍の十数人いる子どもの中の三女にあたる。今年十六になると聞いている。
「鶴姫さま？」
「加賀藩はなぜ鶴姫さまに加賀友禅の反物を……」
剣一郎は呟《つぶや》いた。
そう思ったとき、加賀前田家がこれまでにも将軍家から正室《せいしつ》を迎えていること
を思い出した。
鶴姫も前田家に嫁《とつ》ぐことになっているのか。そのことと加賀友禅の反物のすり
替えとは関わりあるのだろうか。
「あの献上品が鶴姫さまに渡らず、どこかの大名に下賜《かし》されるということはなか
ったかどうか。こっそり調べてくれぬか」
「鶴姫さまに使っていただけぬならもう少し格下の加賀友禅に、という思いです
り替えをしたと？」
「そのような理由ではあるまいと思うが、考えられることを潰《つぶ》しておきたい」
「確かに、大石どのは自分では加賀友禅の質の違いはわからないと仰っていまし
た。質の劣《おと》るものとすり替えても誰も気がつかないでしょうね」

文七郎は呟いてから、

「わかり次第、お知らせいたします」

「また、わしが来る。わかったら使いを寄越《よこ》してくれ」

「畏《かしこ》まりました」

「くれぐれも無理はせぬように。疑われたら、そなたにどのような災いが降りかかるかもしれぬでな」

「はい。気をつけます」

「では。義父母どのに会わずに引き上げるがよしなに」

剣一郎は文七郎に見送られて玄関を出て、編笠《あみがさ》をかぶった。そして、くぐり戸を出た。

周囲にひとの気配がないことを確かめ、帰途《きと》についた。

八丁堀の屋敷に帰ったのは五つ半（午後九時）ごろだった。

太助と京之進が来ていた。

「待たせていただきました」

京之進が詫《わ》びた。

「なんの。で、何かわかったか」

剣一郎は期待してきいた。

「はい。谷中善光寺坂の線香問屋の押込み以外の未解決の事件では、浅草田原町《たわらまち》にある商家の主人殺しがありました。下手人《げしゅにん》はまだ見つかっていません。ですが、目星《めぼし》はついているようでした。店の金を盗んで辞めさせられた元手代の仕業《しわざ》だとして、北町は手代の行方を追っているそうです」

「その他には？」

「ありません」

「すると、やはり善光寺坂の線香問屋の押込みか」

「はい。ですが」

と、京之進は表情を曇《くも》らせた。

「先日も申し上げましたが、押込みは主人を殺して三十両を盗んでおります。この三十両が金吉の借金の額と同じなのです。そこがどうにも気になります。金吉が三十両を手にしたなら、金吉に自ら死を選ぶ理由がないことになる。つまり、金吉殺しであった線が濃くなります」

「そなたは金吉の自死を調べているとき、この線香問屋の押込みに頭がまわった

「いえ。金吉はそんな乱暴な真似の出来る男ではないという印象でしたので」

「今考えれば、押込みは金吉かもしれないと思い当たる節はあるか」

「いえ。ただ、北町の水川秋之進どのが疑いを向けたとなると、ひょっとしたらと思いまして」

「やはり、この押込みかもしれぬ」

「どういうことでしょうか」

「この押込みこそ、鉄五郎の仕業かもしれぬ」

剣一郎はある筋書きに思い至った。

「鉄五郎は十日ほど前に長屋から姿を消していた。どこに行ったか誰も知らなかった。いったいどこに行ったのか」

と、京之進の顔を見つめた。

「十日ほど前といえば、御玉神社の氏子《うじこ》が水川秋之進を訪ねて三人の自死の謎《なぞ》を明らかにしてもらいたいと頼んだとされる日より前だ」

「どういうことでしょうか」

「その頃から、鉄五郎を金吉殺しの下手人に仕立てる企《たくら》みがはじまっていたのかもしれぬ。押込みは鉄五郎の仕業だとわかっていた。だが、鉄五郎を大番屋にではなく、別の場所に閉じ込めたのだ。そこで、取り引きを持ち掛けた……」

剣一郎はふと思いついて、

「線香問屋で盗まれたのは三十両というのは間違いないのか」

「そう聞いております」

「誰から聞いたのだ？」

「自身番の番人です。同心《どうしん》と岡《おか》っ引《ぴ》きがそう話していたそうです」

「ほんとうに盗まれたのが三十両かどうか、線香問屋の妻女か番頭に確かめたほうがいいな」

「盗まれた額をわざと金吉の借金の額と同じにしたと？」

「そうだ。押込みと金吉を結びつけるために線香問屋の押込みは金吉の仕業で、鉄五郎はその金吉を誤って殺してしまったという筋書きはどうだ。押込みでひとを殺していれば打首・獄門だろうが、誤って殺したのであれば遠島《えんとう》で済むかもしれぬ」

「調べてみます」

京之進が勇んだ。

「待て。やはり、そなたが出て行かぬほうがいい。敵に警戒されてしまう。太助」

「へい」

それまで黙って聞いていた太助が膝《ひざ》を進めた。

「明日、線香問屋に行って、それとなく盗まれた額をきき出してくるのだ」

「わかりました」

「ほんとうなら、その線香問屋の押込みをこっちでもう一度調べたいのだが、北町の手前、それも出来ぬ。それに、今から調べても鉄五郎の仕業だという証《あかし》は見つからないはずだ。とうに手を打たれているだろう。また、金吉の周辺を調べ、押込みと無関係だという証を探し出せるかどうか」

「難しいかと思います」

「橋尾左門に鉄五郎の詮議《せんぎ》の中身をきき出すように頼んであるが、事件の経緯はおそらく今、我らが考えたとおりであろう」

「事件を作り出すために、取り引きを行なうとは……」

京之進は応えたあとで、

「でも、水川秋之進どのはなんのためにそこまでするのでしょうか。自分の評判を高めるために、あえてこんな手の込んだことを?」

「決して水川秋之進ひとりの力で出来ることではない」

「では、北町がこぞって?」

「いや。北町で関わっているのは鉄五郎を捕まえた同心ら一部であろう。もっと大きな力が働いているのだ」

「大きな力とは?」

「おそらく、老中《ろうじゅう》の磯部相模守さま」

「ご老中さま……」

京之進は唖然《あぜん》とし、

「なぜ、そのようなことを?」

「御玉神社裏の自死の真相究明と同時に噂《うわさ》を撒《ま》き散らすことによって、水川秋之進の評判を高め、逆にわしを貶《おとし》めようとしているのだ」

「献上品窃取《せっしゅ》の件で逆恨《さかうら》みをしてでしょうか」

「そうだろう」

「水川秋之進さまを使ってまで青柳さまの評判を下げたとして、相模守さまはそれですっきりするんですかねえ」

太助が不思議そうに言う。

「いや。そんなはずはない」

剣一郎は否定する。

このことはずっと引っ掛かっていたことだ。水川秋之進が自分以上の与力《よりき》として評判になったとしても相模守にはどんな得があるのか。

「待てよ」

ふと、剣一郎にある考えが閃《ひらめ》いた。

今、目の前で起きていることは、はじまりに過ぎないのではないか。常に水川秋之進と剣一郎を比べて噂されている。そして、金吉の死が鉄五郎の仕業だという裁きが下されれば、秋之進の評判は一気に高まるだろう。

江戸に新たな英雄が誕生したと瓦版《かわらばん》も持ち上げ、もはや青痣《あおあざ》与力の時代は終わったと書き立てる。

そうなったとき、何が起こるか。

剣一郎への評価の下落は剣一郎が手がける探索の信用の失墜《しっつい》にもつながる。すなわち、同じ事件でかち合って、剣一郎と秋之進の見立てが分かれたとき、周囲はどちらを信じるだろうか。今のままでは、秋之進に軍配《ぐんばい》を上げるのではないか。

つまり、これから何か大きなことが起こるのかもしれない。そう考えて、思わず呻《うめ》いた。

「青柳さま、何か」

京之進が声をかけた。

「どうやら敵の狙《ねら》いがわかったような気がする」

「なんですかえ」

太助も前のめりになった。

「これから何かが起こるのだ。はっきり言えば、誰かが殺されるかもしれない」

「なんですって」

京之進が驚いたようにきき返す。

「こういうわけだ」

剣一郎は自分の考えを述《の》べた。

ふたりは聞き終えてから絶句した。

「鉄五郎が金吉を殺したことで決着をすれば、水川秋之進が南町の事件の始末をひっくり返したことになる。いや、青痣与力を否定したことになる。新たな殺しの探索にわしが関わったとしても、あとから秋之進が乗り込んできて間違った結論へと導くことができる」

「でも、いったい誰が狙われているっていうんですかえ」

太助が焦ったようにきく。

「殺しがあった場合、最初からわしが調べる者だ」

「最初から？」

殺しがあれば、探索に携《たずさ》わるのは定町廻《じょうまちまわ》り同心である。剣一郎が乗りだすのはその探索が難航を極《きわ》めた場合のみだ。

しかし、一件だけ思い当たることがあった。

「加賀藩の者、あるいは加賀藩領からやってきた商人、つまり加賀友禅の反物に絡《から》んでいる者が事件に巻きこまれたら、今のわしは直《ただ》ちに探索をはじめよう。敵がそのことを考えているとしたら……」

剣一郎はふたりの顔を交互に見て、

「絹商人の善次郎は『越中屋』に泊まっていた。今、加賀国から絹商人が来ているか、あるいはこれから来るのか」

「その者が狙われると？」

「わからぬ。が、考えられなくはない」

剣一郎は小さく息を吐き、

「まだ、他に加賀から来ている者がいるかもしれぬ。わしは念のために『越中屋』に顔を出してみる。京之進は江戸にある加賀の出店などを調べてくれぬか。近々、本店から誰かが江戸に出てくる店があるかも」

「はっ、畏まりました」

明日の手筈《てはず》を決め、京之進が引き上げた。

「太助。今夜は泊まっていけ」

「でも、明日は朝早く、谷中に行ってみますので今夜は引き上げます」

「そうか」

それからしばらくして、太助も帰って行った。

思わぬかたちで、水川秋之進やその背後にいる老中相模守と、加賀藩への疑心がつながった。

敵の狙いが少しずつ見えてきたが、まだほんの上辺《うわべ》でしかない。はっきりした証があるわけではないが、自分の勘が、我が身にふりかかる危機を告げていた。

二

翌朝、どんよりとした空だった。剣一郎は本町一丁目にある『越中屋』に行き、主人の甚右衛門と客間で向かい合った。

「近々、城端からやってくる者はおるか」

剣一郎はきいた。

「はい、おります」

「どういう男だ？」

「絹屋でございます」

「善次郎と同じ絹商人か」

「はい」

「善次郎が死んだことを知らせた男はすぐに引き上げたということだったが」

「はい。善次郎のことを知らせに来てくれただけです。今度来る者は善次郎に代わって江戸に加賀友禅の販路を求めるためにやってきます」

「販路を求めるというのはどういうことをするのだろうか」

「加賀絹売捌会所《うりさばきかいしょ》を作り、江戸に浸透《しんとう》させ、いずれは加賀友禅を江戸の呉服屋に置いてもらうようにしていくことです」

「そなたも、それに一役買っているのか」

「いえ、私は城端から江戸に出てきた者のために宿を差し出してやっているだけです」

「そうか」

「青柳さま。何かお調べでございましょうか」

甚右衛門の目が鈍く光った。

「じつは、善次郎の死に疑念があることがわかったのだ」

「疑念?」

「誤って崖から落ちたとは考えられないという話を聞いた」

「…………」

「それで、念のため新たにやって来る絹商人がいるなら注意をしておこうと思ってな」

「注意と仰いますと」

「善次郎が殺されたのだとしたら、後釜《あとがま》の絹商人にも害を及ぼす輩がいないとも限らんと思っただけだ。はっきりした理由があるわけではない。わしの考えすぎだろうか」

甚右衛門の表情が強張《こわば》った。

「善次郎が殺されたのだとしたら、それはなぜでしょうか」

「わからぬ。ただ、考えられることは善次郎は盗っ人が持っていた加賀友禅の反物を一目見て献上品だと見抜いたこと」

「……………」

「なぜ、善次郎は一目見ただけで献上品だと気づいたのか。今になると不思議でならないのだ」

「絹商人ですから、絹を見る目は長《た》けているでしょう」

「しかし、よほど模様か何か目印になるようなものがあったのではないか」

「さあ、私にはわかりません」

「そうであろうな。城端から絹商人がやってきた頃にまた邪魔をする」

そう言い、剣一郎は立ち上がった。

『越中屋』を出ると、厚い雲が頭上に広がっていた。

加賀前田家の家老《かろう》や用人《ようにん》に会うのは、水川秋之進らの背後に磯部相模守がいるとはっきりしたあとだ。

剣一郎は太助と待ち合わせた御玉神社に向かった。

半刻（一時間）後、剣一郎は鬱蒼《うっそう》とした御玉神社にやってきた。

拝殿の前に立つと、太助が現われた。

「番頭が言うには、盗まれたのは十二両だったそうです」

太助がいきなり切り出した。

「いつの間にか三十両になっていたと言ってました」

「やはりな」

自死をした金吉を、押込みの下手人にするための布石《ふせき》だろう。

「で、押込みの人相風体《にんそうふうてい》は？」

「黒い布で覆っていて顔はわからなかったそうですが、細身だったそうです」

「金吉は肥《ふと》っていた。だから、枝が折れたのだ」

これで敵の考えた筋書きは読めた。

線香問屋の押込みは鉄五郎の仕業だとわかったが、水川秋之進はあえて公《おおやけ》には捕まえず、別な場所に密かに軟禁した。

そこで秋之進は、鉄五郎に取り引きを持ちかけた。押込みは金吉の仕業とし、鉄五郎には、金吉が押込みの下手人であること、過失によりその金吉を死なせてしまったことを白状させる。

目撃したのは、物乞いの男。この男を秋之進が見つけ出したことから、自死は、殺しの事件となり、最終的には過失死へと変わってしまう。

金吉の仕業であることを、どうやって鉄五郎が知ったことにするのかという謎は残るが、死んだ者は何も語らない。そういう話に仕立てるのだろう。

この頃、すでに瓦版は秋之進を讃え、世間の評判が一気に高まっていた。そういうときに青痣与力が尻込みをして拒んだ、御玉神社裏で起きた自死の真相解明の依頼を、秋之進が積極的に受け付け、見事に解決に導いたのだ。

今や秋之進は英雄だ。秋之進のやることはすべて正しい、そういう風潮《ふうちょう》の前に、剣一郎がいくら訴えても聞き入れてもらえないかもしれない。

「青柳さま、どうしたらいいのでしょうか」

太助が焦《あせ》ったように言う。

「うむ」

剣一郎は考えこんだ。

「太助。線香問屋に案内してくれ。内儀《ないぎ》と番頭から詳しい話をきいてみよう」

「へい」

太助の案内で谷中に向かい、やがて善光寺坂を上り、途中にある線香問屋の前にやってきた。

「ここです」

太助が店先で言う。

編笠を外し、剣一郎は薄暗い土間に入った。

「番頭さん。先ほどはどうも」

太助が番頭に声をかける。

「これは先ほどの……」

そう言い、番頭は剣一郎に目をやってはっとした。

「もしや、青柳さまで」

「うむ。すまぬが押込みの件できききたいのだ」

「はい」

「出来たら、内儀さんといっしょがいいのだが」

「わかりました。ちょっときいてきます」

番頭は手代に店番を頼み、奥に引っ込んだ。

周辺の寺に線香や蠟燭《ろうそく》を納めるのが主《おも》なのだろう、一般の客は少ないようだった。

盗まれた金は十二両、賊は細身だったというだけでは証として弱い。思い違いだと強引に決めつけることが出来る。なにより、鉄五郎は自白をしているのだ。鉄五郎の嘘《うそ》を暴《あば》くにはもっと有無《うむ》を言わせぬ証が欲しい。死人に口なしで、金吉は何の反論も出来ない。

番頭が戻って来て、

「どうぞ、奥に」

と、案内に立った。

庭に面した部屋で、内儀は虚《うつ》ろな目で座っていた。亭主を殺された怒りと悲しみはそう簡単には消えるものではないと、剣一郎は同情した。

「辛いことを思い出させてしまうが許してもらいたい」

剣一郎はそう口にしてから、

「賊《ぞく》が押し込んだときのことを話してくれぬか」

と、きいた。

内儀は頷《うなず》いてから、

「寝間に入って眠りに就《つ》いたとき、隣の部屋で物音がしました。うちのひとも目を覚まし、起き上がって襖《ふすま》を開けて隣の部屋に入ったとき、賊と出くわしてしまったのです。そして、泥棒と叫ぶのが聞こえた直後、悲鳴が上がったんです。私は起き上がってうちのひとのところに駆け寄りました。賊は匕首《あいくち》を私にも向けて……。そのとき、番頭さんが駆けつけてくれたんです」

「私は灯《ひ》を持って旦那《だんな》さまの部屋に駆けつけました。そしたら、頬被《ほおかぶ》りをした賊が庭に駆け下りました。私は大声で叫んで奉公人を呼びましたが、賊は素早く逃げてしまいました」

番頭が悔しそうに言う。

「うちのひとは心ノ臓を刺され、そのまま帰らぬひとに」

内儀は涙ぐんだ。

「押込みは金吉という男になっている。金吉は小肥りの男だ。だが、賊は細身だったそうだな」

「はい。痩《や》せた男でした。背は高くもなく、夜目にもすらっとしてしなやかな細身の男だったと思います」

番頭が答える。

「そうです。細身でした」

内儀もはっきり口にした。

「そのことを北町の同心に話したのか」

「はい、賊の特徴を申し上げました」

内儀はきっぱりと言う。

「賊が金吉という男だと知らされたのはいつだ？」

「事件から十日ほど経ったあとです」

「誰から？」

「与力の水川秋之進さまが訪ねてこられて」

「同心ではなく水川秋之進どのがわざわざ？」

「はい」

「なんと言っていたのだ？」

「その時は、賊は金吉という男だったが、御玉神社裏で自ら死んだように見せかけられて殺されたと。金吉を殺した下手人は鉄五郎という男だと」

「そのとき、金吉の体つきとかはきかなかったのか」

「ききませんでした。水川さまの評判はこの辺《あた》りにも聞こえております。その水川さまが仰ることですから、素直に聞くだけで、何もきき返したりはしていません」

「体つきのことはきかなかったとしても、盗まれた金のことはきいたのではないか」

「はい。ききました」

番頭が口を入れた。

「盗まれたお金は返ってきましょうかと。そしたら、下手人は三十両を盗んだが、すべて使い切ってしまったようだと、水川さまは仰いました」

「三十両ではなく十二両だとは言わなかったのか」

「はい、言いました。そしたら、鉄五郎は、金吉が盗んだのは三十両と言っている。ご亭主が内緒に持っていた金も奪ったらしいと」

「そんな金はあったのか」

剣一郎は内儀にきく。

「いえ。うちのひとはそんな大金を隠してなんかいませんでした」

内儀は怪訝《けげん》そうに言う。

この金の食い違いも、水川秋之進は内儀に伝えた通りの理屈を言い張るだろう。

「賊はなんどか下見に来ているはずだ。痩せて頬骨の突き出た三十過ぎの男に覚えはないか」

「痩せて頬骨の突き出た三十過ぎの男ですか」

番頭は眉根《まゆね》を寄せた。

「そういえば、ちょっと無気味な感じの男を何度か見かけました」

おそらく鉄五郎であろう。しかし、確たる証はない。押込みの前に鉄五郎が線香問屋周辺をうろついていたからといって、押込みが鉄五郎だということにはならない。

ここから鉄五郎の嘘を明らかにすることは出来そうにもなかった。

「すまなかった」

剣一郎は礼を言って立ち上がった。

「鉄五郎の仕業に間違いありません」

外に出て、太助がいらだって言う。

「今のままでは無理だ。鉄五郎の嘘を暴けない」

剣一郎も無念そうに言う。

「金吉のほうからではどうでしょうか」

「難しい。死んでいるからな」

「じゃあ、打つ手はないんですか」

太助はため息をつき、

「湯島天神界隈《かいわい》で、金吉が死んだ時その場にいたという物乞いの男を探しているのですが、いっこうに巡り合えません」

「やはり『叶家』のお糸が、今残された数少ない手がかりの一つだ」

「わかりました。今夜も行って詳しく話をきいてきます」

「頼んだ」

不忍池の東岸に出て池沿いを行くと弁財天の鳥居の前にやって来た。

太助が境内《けいだい》のほうに目をやって、

「あの男」

と、立ち止まった。

「どうした？」

「弁天堂のほうに向かった男が物乞いの男に似ていたんです。あそこに行く茶の格子縞《こうしじま》の男です」

剣一郎は池の真ん中に続き細長い境内を見た。確かに、参詣《さんけい》客の合間に茶の格子縞の背中が見える。

「行ってみよう」

剣一郎と太助は鳥居をくぐった。

本堂に向かうひとの流れとお参りを済ませて帰ってくるひとの流れの中に、茶の格子縞の男が見え隠れする。

剣一郎は急ぎ足で近づく。男は本堂の脇に立って急にこっちを振り向いた。男の目の中に剣一郎と太助の姿が入ったはずだ。

だが、男の表情に変化はない。一度すれ違っているから、あのときの物乞いなら何らかの変化があるはずだ。

剣一郎と太助は何気なさを装って小さな本堂の階段を上がった。そして、堂内に入らず、回廊から男の様子を窺《うかが》った。誰かと待ち合わせているようだ。

男の鋭い眼光は確かに物乞いの男に似ている。物乞いの格好をさせればそっくりかもしれないが、このような場所でのんびりと待ち合わせしていることに違和感を持った。

やがて、女が男のもとにやって来た。男の相好《そうごう》が崩れた。

「やはり、別人だ」

剣一郎は呟いた。

鳥居まで戻ってから、ふと剣一郎は思いついたことがあった。

「今の男、確かに似ていた」

「ええ。雰囲気も似ています」

「わしらのように勘違いした者もいるかもしれぬ。話をきいてみたい」

剣一郎は境内に目をやった。

さっきの男が若い女といっしょに戻ってきた。ふたりの顔に笑みが浮かんでいる。

剣一郎は脅《おど》かさないように編笠をとって顔をさらし、ふたりの前に出た。

「南町の青柳剣一郎と申す。ちとそなたに訊《たず》ねたいことがある」

「青柳さまが何か」

男は不審そうな顔できく。女も不安そうな表情だった。

「じつはそなたによく似た顔の男を探しているのだ。そなたに兄弟はいないか」

「兄がいますが、私とは似ていません」

「そうか。では、誰かに間違えられたことはないか」

「……あります。二度ほど」

「二度?」

「はい。二度とも、勝次《かつじ》と声をかけられました」

「勝次?」

「はい。どうやら私は勝次という男に似ているようです」

「勝次がどこの者かはわからぬか」

「いえ、そこまでは」

男は首を横に振った。

「どこで声をかけられたのだ」

「最初は湯島天神です。二度目は下谷広小路を歩いているときです」

「湯島天神か」

「あっしが見失ったところです」

太助が口をはさんだ。

「声をかけてきた男を覚えているか」

「ひとりは遊び人ふうの大柄な男でした。もうひとりは尻端折《しりはしょ》りをした細身で、きつそうな顔の男でした」

「細身のきつそうな顔？」

秋之進についている小者の顔が脳裏《のうり》を掠《かす》めたが、その小者だという証はない。

「その男に声をかけられたのはいつだ？」

「五日ほど前です」

「そうか、わかった」

剣一郎は他にきくことはないので、

「念のために、おまえさんの名と住まいを教えてもらえぬか」

「はい。私はすぐそこの元黒門町《もとくろもんちょう》にある錺職《かざりしょく》『彫忠《ほりちゅう》』の伜《せがれ》で忠吉《ちゅうきち》と申します」

若い女も頷いた。

嘘はないようだ。

「わかった。呼び止めてすまなかった」

剣一郎はふたりを見送ってから、太助といっしょに鳥居を出た。

「物乞いに化《ば》けていたのは勝次という男かもしれぬ。湯島天神界隈で、勝次という男を探してみよう。北町の同心に世話になったことがある奴かもしれぬな。罪を見逃す代わりに、殺しを見たと訴えさせたのだ」

剣一郎は強引かもしれないが、行き詰まっている今、いかに細い手がかりであろうと突き進むしかなかった。

三

数日後の夜遅く、橋尾左門が屋敷にやって来た。

「剣一郎。今、北町の吟味方《ぎんみかた》与力の屋敷からの帰りだ」

部屋に入ってくるなり、左門が切り出した。

「きょう、鉄五郎の詮議が行なわれたそうだな」

剣一郎は言う。

「そうだ」

「で、話してくれたのか」

「ああ」

左門は剣一郎の前に腰をおろし、

「鉄五郎の自白はこうだ」

と、続けた。

「鉄五郎は金吉とは賭場《とば》で知り合ったそうだ。金吉が大負けをして三十両を返さなければ簀《す》巻《ま》きにして大川《おおかわ》に放り込まれる事態になっていることを知っていたという。ところが、しばらくして金吉に会ったとき表情に余裕があった。それで、確かめると金吉が大金を持っていた。どうしたのだときいても笑うだけで答えない。そのとき、谷中の線香問屋に押込みがあって金子を盗まれたことを思い出して問い詰めたところ、最初はとぼけていたが渋々認めたらしい」

剣一郎は口をはさまず聞いた。

「鉄五郎は少し分け前を寄越せと強請《ゆす》ったそうだ。すると、金吉は御玉神社で話し合おうと鉄五郎を呼び出した。鉄五郎がそこに行くと、神社の裏に誘われ、金吉が饅頭《まんじゆう》を取り出して食えと言ってきた」

「なんだと、金吉が饅頭を？　まさか、そこに毒が入っていたとでも」

思わず、剣一郎は口をはさんだ。

「そうだ。金吉は不審に思ってその饅頭を近くにいた猫に上げたところ、しばらくして急に苦しみ出した。そこで、饅頭に毒が入っていたことに気づいた。毒殺に失敗した金吉は鉄五郎に襲いかかった。そこで争いとなり、気がついたときには、金吉が倒れていた。鉄五郎はあわてて、金吉が持っていた縄で、金吉を首吊りで死んだように見せかけようとしたという。小肥りの金吉を吊るすのは骨なので、頭上の手ごろな樹の枝をわざと折って、首吊りのあとに枝が折れて地に落ちたように見せかけた。こういうことだそうだ」

「うむ、やはり……」

剣一郎は唸《うな》り、

「鉄五郎の言い分が通れば、鉄五郎は自分の身を守るために金吉を殺してしまったことになるな」

死罪を免《まぬが》れ、遠島どころかもっと罪が軽くなるかもしれない。

「吟味方与力は鉄五郎の言い分を素直に認めているのか」

「同心の取調べも、鉄五郎の言い分を裏付けているそうだ。したがって、詮議の場に証人を呼ぶようなこともなく、次回で与力の詮議は終わり、あとはお奉行のお白州《しらす》で裁きが下るだろうということだ」

「なんと」

「悪くても遠島。それも永《なが》の遠島にはなるまい」

「冗談ではない」

珍しく、剣一郎は気色《けしき》ばんだ。

「吟味方のなんという与力だ？」

「仙道《せんどう》どのだ」

「仙道孫三郎《まごさぶろう》どのか」

「そうだ」

「仙道どのに引き合わせてくれぬか」

「なぜだ？」

「聞いてもらいたい話があるのだ」

「難しいな」

「無理は承知だ」

「北町で下手人《げしゅにん》をとらえ、詮議にかけた。その途中で、詮議について外から何かを言うなど決してあってはならぬことだ。そなたとて、承知のはず」

「もちろんだ。だが、これに関しては捨ててはおけぬ」

「仙道どのが詮議の内容を話してくれたのはわしとの誼《よしみ》でだ。ふたりだけの秘密だ。だが、よけいなことに口出しするのは越権《えっけん》だ。仙道どのも許しはしまい。それに、もし仙道どのがそなたから口出しがあったことを他に吹聴《ふいちょう》したらどうなると思う？」

「そなたの申し条、いちいちもっともだ。だが、それを押してでも……」

「剣一郎。よく、きけ」

左門は厳しく、

「鉄五郎の案件に水川秋之進が絡んでいることは、周囲はみな知っている。そこに、そなたが横やりを入れたら、青痣与力の秋之進への嫉妬《しっと》からだと、また面白おかしく世間に吹聴されることになろう」

「仙道どのはどんな人物だ？」

「公明正大《こうめいせいだい》なお人よ」

「曲がったことが嫌いな男か」

「そうだ。だから、俺とも気が合う」

「ならば秘密裏《り》に会ってくれるはずだ」

「まだ、言うか」

「よいか、左門」

剣一郎は諭《さと》すように、

「仙道どのは知らないうちに秋之進らの片棒を担《かつ》いでしまうことになる。もし、あとでそのことを知ったとき、仙道どのはどうなるか」

「どうなる？」

「事実が歪《ゆが》められたまま、間違った詮議をした己を許すと思うか」

「…………」

左門は押し黙った。

「そなたはどうだ？」

剣一郎は畳みかけるように、

「詮議を終えて裁きを決めたあと、それが同心と詮議を受ける者がつるんでの事実と違う訴えであったことがわかっても、自分にはなんの責任もないと突っぱねられるか」

「鉄五郎だけでなく同心も嘘をついているというのか」

「そうだ。鉄五郎は取り引きをしたのだ」

「取り引き？」

「金吉を殺したことを自白する代わりに、北町が受け持ちの線香問屋の押込みを目溢《めこぼ》しするという約束が出来ているのだろう。線香問屋の押込みの下手人は金吉ではない。鉄五郎だ」

「その証があるのか」

「ない」

「ない？」

左門は呆《あき》れたように、

「証がないのに、どうして仙道どのがそなたの申し条を信じようか。だいいち、同心がそこまでして鉄五郎を守る理由はどこにある」

「実質、主導しているのは与力の水川秋之進だ。もちろん、秋之進の背後にいる黒幕は老中の磯部相模守さまだと思う」

「相模守さま？」

左門は眉根を寄せ、

「やはり、献上品窃取の件と関わりがあるのか」

「その件もあるかもしれないが、加賀藩との関係だ」

「加賀友禅のことか」

「そうだ。だが、どういう関わりがあるのかはまだわからない。今、加賀藩の内実を調べてもらっているところだ」

「加賀藩の内実だと。誰が調べているのだ」

「左門。このことはわしと宇野さましか知らぬことだ」

「誰にも言わぬ」

左門は厳しい顔で答える。

「そなたが秘密を漏《も》らすとは思っていないが、慎重の上にも慎重にことを運ばねばならないのでそのつもりで」

「わかった」

「今、御庭番《おにわばん》が内実を調べに加賀藩領に行っている」

剣一郎はこれまでの経緯を語った。

左門は目を剝《む》いて聞いていたが、最後まで聞き終えると、

「うむ」

と、息苦しくなったように唸った。

「もちろん、相模守さまの件までは仙道どのに喋《しゃべ》るわけにはいかない。ただ、何者かが、水川秋之進を偉大な与力に仕立てようとしていて、その手立てのひとつが鉄五郎の偽《いつわ》りの自白だとまでは言うことは出来る」

「だが、相模守さまのことまで話さないと、仙道どのとて俄《にわ》かに信じられまい」

「わしが直《じか》に頼んでみる」

「しかし、そなたが仙道どのと会ったことが知れると、問題となりかねない。会うことは難しいのではないか。また、いくらそなたが話しても、仙道どのが素直に信じてくれるか」

左門は難しそうな顔をし、

「よしんば、仙道どのがわかってくれて、真実を追求しようとしたら水川秋之進とて反撃に出るだろう」

「そうなればぼろが出るかもしれぬ。左門、なんとか仙道どのと話がしたい」

「わかった。詳しいことは話さず、そなたが鉄五郎の詮議の件で話をしたがっている旨《むね》を伝えておく」

「すまぬ」

剣一郎は立ち上がった左門に頭を下げた。

翌朝、剣一郎はまた髪結いからいつものように噂を聞いた。

「詮議の場で、鉄五郎という男は金吉を殺したことを認めたそうですね」

「瓦版にもう出ていたのか」

「ええ。やはり、水川秋之進さまはたいしたものだと持ち上げていました」

「そのぶん、青痣与力は衰えたとでも書いてあったか」

「ええ。これからは水川秋之進さまの時代だと。これまでは江戸の民は南町の与力青柳剣一郎を心の支えに暮らしてきたが、今後は北町の与力水川秋之進が心のよりどころになると……」

「世間の評判は水川どのに集まっているか」

こうなると新たな殺しに手を染める条件が整ったとみていいかもしれない。誰かが狙われると、剣一郎は思った。

やはり、善次郎に代わって城端にやって来る絹商人ではないだろうか。

その後も髪結いは水川秋之進がどんなに江戸の衆に持て囃《はや》されているかを話し、

「まるで、青柳さまへの恩を忘れてしまったかのようです。世間のひとたちってのは移ろいやすいものですね」

「そうだ。わしのことを青痣与力といって尊敬してくれたが、あくまで町の者は虚像《きよぞう》を勝手に作り出したに過ぎないのだ。水川秋之進どのとて……」

町の者が描く水川秋之進もまた虚像に過ぎない。秋之進こそ正義だという見方が浸透してきている。

もし仙道孫三郎がその影響を受けているとしたら、剣一郎の訴えに耳を貸すはずはないだろう。

「へい、お疲れさまでございました」

髪結いが肩の手拭《てぬぐ》いをとって言った。

「ごくろう」

髪結いが去ったあと、庭先に太助が現われた。

「どうした、眠そうだな」

「へえ。昨夜、『叶家』に行ったんです。お久《ひさ》って女がついて」

「いい女だったか」

「ええ。いえ、そうじゃなくて」

太助はあわてて、

「その女、お糸と仲がよかったそうです」

「そうか。で、何か知っていたか」

「それがどこに行くのか、なぜ急に辞めるのか、きいても教えてくれなかったそうです」

「そうか、無駄足だったか」

「でも、想像がつくって言ってました」

「なんだ、それは？」

「もったいぶって話してくれないんです。今度来てくれたら教えてやるからって」

「なるほど。教えたら二度と来てくれないと思ったのだな」

「ええ」

「向こうのほうが一枚上手《うわて》だ」

剣一郎は微苦笑し、

「一度ですべてきき出せるはずはない。今夜も行って来い。軍資金なら……」

「いえ、この前いただいたのがまだありますので」

「そうか。ただ、その女、ほんとうに知っているかどうかは疑わしいな」

「ほんとうですか」

「また来てもらおうと、そう言っているのかもしれない」

「そうでしょうか」

太助は不安そうな顔をした。

「ただ単純に、そなたが気に入ったのかもしれない」

「まさか」

太助は照れたように言う。

「今夜、行けばわかる」

「へい。行ってみます」

「うむ」

「昼間は湯島天神界隈でたむろしている遊び人たちに、勝次って男のことをきいてまわります」

「無理するな。捕らえても、あっさりと口を割るとは思えぬ。居場所さえ突き止めればいい」

「わかりました」

そう言い、太助はあくびをかみ殺した。

「太助。少し眠ってから行け。朝帰りだったのではないか」

「いえ、その……」

太助はうろたえた。

「若いんだ。気にするな」

剣一郎が微笑《ほほえ》んで言うと、太助は逃げるように引き上げて行った。

剣一郎が出仕《しゅっし》すると、同心詰所の前で京之進が待っていた。

「加賀藩領からの出店を調べました。七店ありました。ここに書き出してあります。ほとんどが金沢に本店があります」

剣一郎は書付を手にした。

店の名と場所、そして出店の番頭の名、本店の主人の名が控えてあった。

「この中で、近々《ちかぢか》本店から誰かがやって来る店はなかったか」

「一軒だけありました。この『難波屋《なにわや》』という質屋です」

「質屋?」

「はい、金貸しも兼ねているようですが、近く本店から主人がやって来るそうです」

「本店の主人か……」

剣一郎はもう一度書付を見た。『難波屋』は上野新黒門町に店がある。

「なぜ屋号が『難波屋』なのだ? まるで大坂《おおさか》の商家の出店のようだ」

難波という名は大坂を思い出させた。

「内儀が大坂の商家から嫁に来て、その際、奉公人も何人かいっしょについてきたそうです」

「やはり大坂出身の者が多いのか」

剣一郎は何かが気になったが、それが何かすぐには思いつかなかった。

「他の店はみな、加賀の出の者がはじめた店か」

「そうです」

「念のために、主人はどういう用件で江戸に出てくるのかを調べてくれぬか。特に、どうのこうのという話ではないが……」

「畏まりました」

京之進と別れ、剣一郎は与力部屋に行った。

裃《かみしも》と袴《はかま》を脱ぎ、着流しになったとき、剣之助がやって来た。

「橋尾さまがお呼びにございます」

剣之助は畏まって告げ、下がって行った。

剣一郎はすぐに立ち上がり、吟味方与力の部屋に向かった。すると、左門が部屋から出てきて、廊下《ろうか》で顔を合わせた。

しかし、左門はそのまますれ違おうとした。そして、すれ違いざまに、

「今朝早く、仙道どのの屋敷に行ってきた。今夜五つ（午後八時）にそなたの屋

敷をこっそり訪ねるそうだ」

早口で言い、左門は通りすぎていった。

剣一郎はそのまま自分の部屋へと引き上げた。


昼過ぎ、剣一郎は本町一丁目にある『越中屋』に足を向けた。

主人の甚右衛門と客間で差し向かいになって、

「まだ、城端からは誰も来ないのか」

「そろそろ到着するころです」

「亡くなった善次郎から、献上品の加賀友禅の話を聞いたことはなかったそうだが」

剣一郎は相手の顔色を窺うように見つめ、

「城端からやって来るのは絹商人がほとんどであろう。その者たちからも献上品の話は聞かなかったのか」

「はい、聞いたことはありません」

「献上した加賀友禅の反物は将軍家の御息女鶴姫さまに宛てたものだという話があるが、知っているか」

「いえ」

「ここにやって来る絹商人はそなたには何も話さないのか」

「はい。私はただゆっくりしてもらおうという思いで宿泊して頂いているだけですから」

甚右衛門は穏やかに言う。

「ところで、そなたは城端の出だということだが、城端から直に江戸に出たのか」

剣一郎はきいた。

「いえ。金沢の商家に奉公したのですが、主人と合わず、やめて江戸に出て、なんとか店を持てるようになったのです」

「なるほど。宿を差し出しているのは城端の者だけにか」

「はい。城端では、江戸に行ったら『越中屋』に顔を出せということになっているようです」

「江戸に出たのはいつなのだ？」

「二十年前です」

「二十年前か。では、金沢にある『難波屋』のことは知っているか」

「『難波屋』なら知っています」

「なぜ、知っているのだ？」

「いえ。もともとは『能登屋《のとや》』という店だったのが、五年前に『難波屋』と屋号を変えて再開したのでございますよ」

甚右衛門は目を細めて続けた。

「じつは私は『能登屋』に奉公していたのです」

「そうであったか」

「ですから、『難波屋』の出店には昔の知り合いがおりまして、その者から『能登屋』から『難波屋』に変わったわけも聞いております」

「そのわけとは？」

「十年ほど前に『能登屋』は借財《しやくざい》を背負い、店を畳まざるを得ない危機に直面したそうです。そのとき、若旦那は大坂の大商人の娘を嫁にし、その際の持参金で借金を返したとか」

「かなりの持参金だったのか」

「実際は店の乗っ取りだと思います。嫁と奉公人も何人かいっしょでした。そして、五年前に広い場所に引越し、『難波屋』として再開したと」

「主人はどんな男なのだ？」

「私と同い年で、弥五郎《やごろう》と言います。おとなしそうな男でしたが、今はかなり尊大なようです」

「弥五郎は江戸に出て来ることはあるのか」

「たまに出て来ているとか。会ったことはありませんが」

どうやら、甚右衛門は弥五郎が江戸に出てくることを知らないようだ。

甚右衛門はふと表情を変え、

「『難波屋』に何か」

と、怪訝そうにきいた。

「いや。なぜ、『難波屋』という屋号にしたのかと思ってな。大坂とつながりがあることを印象づけることが得策《とくさく》なのか……」

剣一郎は疑問を呈《てい》した。

「店を差配《さはい》しているのは主人の弥五郎ではなく、嫁の実家から送り込まれた番頭さんなのでしょう」

「弥五郎は大坂に屈したということか」

「そういうことになりましょう」

「弥五郎の嫁の実家はなんというところだ？」

「さあ」

「かなりの豪商であろうな」

「そうでありましょう」

「まさか、鴻池《こうのいけ》ではないのか」

大坂の豪商といえば鴻池だ。始祖は尼子《あまこ》の家臣山中鹿介《やまなかしかのすけ》の子と言われ、酒造業からはじまり海運にも手を伸ばし、さらに両替商にもなり、巨万の富を得た。

鴻池はその富を困窮《こんきゅう》した大名に貸しているらしい。全国の半分近い諸大名が鴻池から金を借りているとも言われている。

鴻池は加賀藩に食い込もうとしているのか。

ひょっとして、今加賀藩も財政の危機にあるのではないか。

「そなたにきいてもわからぬと思うが、加賀藩の財政はどうなのだ？」

甚右衛門は加賀藩の上屋敷にも出入りをしているのだ。内実がそれとなく耳に入っているかもしれない。

「苦しいと聞いています」

甚右衛門は答える。

「まさか、加賀藩は『難波屋』の背後にいる鴻池から金を借りようとしているのではないか」

「さあ、そこまではわかりません」

「そうだな」

剣一郎は腰を浮かせ、

「邪魔をしたな」

と言って、立ち上がった。『越中屋』を出たとき、またもひとの視線を感じた。しかし、今回はその正体がわかった。甚右衛門が連子窓《れんじまど》からこちらを見ていたようだ。

やはり、甚右衛門は何か隠している。ひょっとして、『越中屋』は絹商人に単に部屋を貸しているのではなく、絹商人たちの本拠なのではないかと思った。

そうだとしたら、甚右衛門は善次郎から話は聞いているはずだ。加賀友禅の反物を一目見て献上した品だとわかった理由を知っているのではないか。

そのとき、はっと気づいた。

もし甚右衛門が殺されたら、加賀友禅の件に絡んでのことと考え、剣一郎は間違いなく探索に乗り出す……。

次に、狙われるのは『越中屋』の甚右衛門ではないか。

甚右衛門に注意を促そうとも思ったが、剣一郎の憶測《おくそく》に過ぎなかった。

四

剣一郎は本町一丁目から上野新黒門町に向かった。

通りに面して『難波屋』があった。屋根看板には難波屋の屋号の脇に加賀の文字があった。漆喰《しっくい》の土蔵造りだ。

剣一郎がそのまま行き過ぎようとしたとき、暖簾《のれん》をくぐって京之進が出てきた。

「青柳さま」

京之進が近づいてきた。

「向こうへ」

「はい」

剣一郎は不忍池のほうに向かった。

池の淵の人気《ひとけ》のないところで立ち止まった。

「何かわかったか」

「本店から主人が江戸にやってくるのは単なる江戸見物だそうです」

「江戸見物？」

俄《にわ》かには信じられない。

「江戸見物のついでに江戸の得意先に挨拶《あいさつ》に行くそうです」

「得意先の名は？」

「そこまできいていません。確かめましょうか」

「いや、そこまではいい」

剣一郎は言う。

「本店の『難波屋』についてもう少し詳しく聞いてきました。『難波屋』は質屋兼両替商だそうです。もともとは質屋だったのですが、五年前に両替商を兼ねることになって屋号を『難波屋』に変えたそうです」

「うむ」

「今の旦那の妻女が大坂の商人の娘で、そこから援助があって両替商も兼ねることになったと番頭は話していました」

甚右衛門から聞いた話に間違いはないようだ。

「大坂の商人の名をきいたか」

「はい、ききました。『堺十郎兵衛《さかいじゅうろうべえ》』という古着屋だそうです」

「『堺十郎兵衛』？」

聞かぬ名だった。

「主人の十郎兵衛は名こそ知られていませんが、かなりの遣《や》り手だそうで、古着屋の傍《かたわ》ら金貸しをして財を成したということでした。堺の出だそうです」

「鴻池ではなかったのか」

剣一郎は呟く。

「鴻池？」

「じつは、『越中屋』の甚右衛門が『難波屋』を知っていた」

剣一郎はそのやりとりを話した。

「そうですか。傾きかけた店を立て直したというなら、『堺十郎兵衛』はかなりの援助をしたことになりますね」

「そうだ。いくら娘の嫁ぎ先とはいえ莫大《ばくだい》な金を出しているのだ。何かの見返りが期待できたのか」

京之進は首を傾げ、

「そのことでちょっと妙なことが」

と、言い出した。

「『堺十郎兵衛』という店のことを番頭はあまり詳しく話そうとしないのです」

「知らないのか」

「いえ。何か隠しているような。たとえば、お店の場所もあやふやなのです。大坂は行ったことがないので、よくわからないというばかりで。なんとなく引っ掛かりました」

「『堺十郎兵衛』というのは実際にないかもしれないと?」

「はい。そんな気がしました。今、青柳さまからお伺いして、もしや鴻池が名を隠して加賀に乗り込んでいるのやも」

「そうか」

だが、そのことと今回の加賀友禅の件は関わりを見出すことはできない。

「念のために、『堺十郎兵衛』について調べてみよう。ごくろうだった」

「はっ」

「それから、今夜、北町の吟味方与力の仙道どのと会うことになっている。鉄五郎の詮議についてきいてみるつもりだ。それによって、次の動きを決める。明日の朝、与力部屋に来てもらいたい」

「わかりました」

剣一郎は京之進と別れたあと、ふと思いついて、不忍池をまわって御玉神社に向かった。神社の裏手は葉が繁っていてさらに鬱蒼《うっそう》としていた。木漏《こも》れ日が僅《わず》かに射《さ》しているだけだ。

金吉は借金を返す目処《めど》が立たず、先にふたりの男が首を括っているこの場所で死のうとしたのだ。

神主が言うように眼前に不忍池、かなたに寛永寺の五重の塔が望める。この風景をみながら黄泉《よみ》へ旅立ったのだ。

それをあとから押込みの賊にされ、さらに鉄五郎を殺そうとして逆に殺されたのだと決めつけられ、今頃はあの世で悔しさから胸を掻《か》きむしっているかもしれない。

風で葉がざわついた。あの世からの訴えのような気がし、剣一郎はきっと真実を明らかにすると金吉に誓った。

その夜、五つ（午後八時）過ぎに、頭巾《ずきん》で顔を隠した仙道孫三郎がやって来た。小柄ながらがっしりした体で、温厚さの中にも厳しさを垣間《かいま》見せる顔つきだった。

「わざわざお越しいただいて申し訳ございません」

剣一郎は孫三郎を恐縮《きようしゆく》して迎えた。

剣一郎は多恵に言い、人払いをしてある。

差し向かいになって、孫三郎が口を開いた。

「鉄五郎の件で不審があるとのこと」

「はい。今からお話しすることは、仙道どのには俄かに信じられないことと思います。まず、私どもが調べた事実からお聞きください」

そう前置きして、剣一郎は話しだした。

「谷中善光寺坂にある線香問屋の押込みの下手人は金吉ではありません。鉄五郎の仕業です」

「………」

「線香問屋の内儀と番頭は、賊は細身だったと言っています。しかし、金吉は小肥りです。また。盗まれたのは十二両だったそうです」

「十二両？　しかし、鉄五郎は金吉が盗んだのは三十両だと」

「金吉が博打で負けて作った借金の三十両に合わせたのです」

　剣一郎は言い切ったあとで、

「ですが、今のことはことごとく反論されるでしょう。賊の体つきは闇の中で見ただけであり、思い違いがあると言われれば、内儀も番頭も自信を失うでしょう。盗まれたとされる金額の食い違いも同様です」

「ええ」

　孫三郎も素直に頷く。

「そもそも、なぜそれほどまでして鉄五郎を守ろうとしているのか。鉄五郎を見ていたのでは謎は解けません。鉄五郎のことは単なる手立てに過ぎないのです。狙いは水川秋之進と私との比べ合いなのです」

　剣一郎は巷《ちまた》の噂について語りだした。

　孫三郎は難しい顔で聞いている。

「では、なぜ、そこまでするのか。それは、ある勢力が私や南町奉行所の動きを封じ込めようとしているからかと思われます」

「ある勢力とは？」

「申し訳ございません。証があるわけではなく、今の段階では申し上げることは出来ません」

「そうですか」

孫三郎は落胆したように答える。

「仙道どのが私の話に得心《とくしん》がいかないのは当然でしょう。したがいまして、今のことを信じてくださいとは申し上げません」

剣一郎は続ける。

「ただ、ひとつお願いがあるのですが」

「何でしょうか」

孫三郎は用心深く見返した。

「北町が金吉殺しで鉄五郎に目をつけたのは、物乞いの男が殺しの現場を見ていたからですね」

「そうです」

「その物乞いの男は詮議には？」

「呼んでいません。鉄五郎が自白をしたので、呼ぶまでもないというので」

「人を殺せば死罪となります。しかし、罪が軽い遠島で済むなら、鉄五郎は偽《いつわ》りの自白をするでしょう。その点だけを考慮して、物乞いの男を詮議の場に呼んで問い質《ただ》していただけませんか」

「………」

「仙道どの。お裁きが下ってしまえば手遅れです。このままでは、真の押込みの下手人を逃し、自ら死を選んだ金吉に人殺しの汚名《おめい》を着せてしまうことになります」

「しかし、その物乞いを呼んでも、私には嘘を暴くことが出来るとは思えません。その裏付けもないのですから」

「構いません。奉行所に呼びつけてさえくだされば」

「わかりました。そのことはお引き受けいたしましょう」

「かたじけない」

剣一郎は下げた頭をすぐに上げ、

「ひとつお訊ねしたいことがあるのですが」

と、口にした。

「なんでしょう」

「水川秋之進どのについている小者がおります。細身で、いかめしい顔をした者です」

「細身でいかめしい顔ですか」

「はい。鋭い顔立ちといってもいいかもしれません。ほんとうに奉行所の小者なのか、少し気になりまして」

「……………」

孫三郎は不思議そうな顔をして、

「私も巷での噂を耳にしました。瓦版が水川秋之進をずいぶん持ち上げておりますね」

「それをもとに、噂を撒き散らしている者がいるようです。先ほども申しましたように、私の評判を下げ、水川どのの名声を高めようとしているのです」

「青柳どのはその勢力に心当たりがあるというのですね」

「はい。ですが、まだ想像でしかありません」

「そうですか。水川秋之進は有能な与力です。捕物出役にしても検死にしても見事な働きぶりでした。この二か月あまりの活躍は目ざましく、巷の噂に上るまでになりました。しかし、私はこのことに少し引っ掛かっておりました。いえ、私だけでなく、他の与力も同じように感じていました」

孫三郎は間を置き、

「ですが、そのことを口にすると、嫉妬《しっと》だと陰口を叩かれるので、誰も口出し出来なくなっているのです。確かに、水川秋之進は手柄を立て続けているのですが……。しかし、それが作られたものだとしたら」

「それこそ、私が嫉妬ゆえに……」

剣一郎が言いかけると、

「いえ、青柳どのはそういうお方ではないことは北町の我らも十分にわかっております」

と、すかさず答えた。

「恐れ入ります」

「ともかく物乞いの男を明後日の詮議の場に呼び出すよう手配しましょう」

「お願いいたします」

「では」

孫三郎は再び頭巾をかぶり、剣一郎の屋敷を引き上げた。

五

翌朝早く、朝餉をとっているとき、女中が駆け込んで来て、

「文七郎さまがいらっしゃいました」

と、伝えた。

「なに文七郎が？　よし。わしの部屋に通してくれ。すぐ行く」

剣一郎は一気に飯を食べ終え、居間に急いだ。

「朝早く、申し訳ございません」

「いや。それより使いを寄越せばこっちから出向いたものを」

「はい。じつは取り急ぎ、お知らせしておこうと思いまして」

文七郎は表情を曇らせ、

「あの献上品がどこかの大名に下賜されるということはなかったかどうかを調べていたのですが、そのような話は聞き出せませんでした。しかし、大石どのが、加賀友禅の反物が富士見御宝蔵から持ち出されたと教えてくれました」

「加賀友禅が持ち出された？」

「はい。どうやら鶴姫さまに渡ったようです」

「それはいつのことだ？」

「台帳によると三日前です」

「三日前か。すると、鶴姫やお付きの者はその反物をすでに見たかもしれぬな」

「鶴姫さまはたいそうお喜びだったそうです」

「そうか」

「では、私はこれで」

「非番ではないのか」

「はい」

「だったらせっかく来たのだ。多恵にもつもる話があろう」

「では、そうさせていただきます」

「うむ」

そこに髪結いがやって来たので、剣一郎は濡縁《ぬれえん》に出た。

剣一郎は出仕してすぐ宇野清左衛門のところに行った。清左衛門はいつも早くに出て来て、仕事をはじめていた。

「宇野さま」

剣一郎は声をかける。

「おう、青柳どのか。ちょっと待ってくれ。すぐだ」

清左衛門はそのまま帳面に筆を走らせて、やがて筆を置いた。そして、帳面を閉じて立ち上がった。

隣の小部屋で差し向かいになり、剣一郎は北町の吟味方与力仙道孫三郎との会合の内容を話した。

「そうか。北町にも水川秋之進に不審を抱いている者がいるのだな」

「はい。ですが、ここまで水川どのの名声が高まるとなかなか思っていることは言えないようです。言えば、妬《ねた》みととらえられかねないのが実情のようです」

「噂というのはおそろしいものだな。誰から頼まれて書いているのか、瓦版屋を問い詰めてみたらどうか」

「いえ、それこそ敵の思うつぼかもしれません。青痣与力は瓦版を力ずくで押さえつけようとしたと、さらに大げさに書き立てるでしょう」

「そうか」

清左衛門は顔をしかめた。

「それより、ちょっとお願いがあるのですが」

「何か」

「今回の件と関わりがあるかどうかはわかりませんが、加賀に『難波屋』という質屋兼両替屋があるのです。この『難波屋』に資金援助をしているのが大坂の『堺十郎兵衛』という商家だそうです」

「『堺十郎兵衛』？」

「はい。この『堺十郎兵衛』について大坂町奉行所のどなたかに調べをお願い出来ないかと思いまして」

「もちろん、裏でだな」

「お奉行を通して正式に手順を踏めば、老中に知られてしまうかもしれませんので。組与力に懇意《こんい》にしているお方がいるとお伺いしたかと」

「うむ。お互いに協力を頼むこともあるので、懇意にしているお方はいる。よし、さっそく文を書こう」

「ありがとうございます」

「『堺十郎兵衛』だな」

清左衛門は確かめる。

「はい」

「継ぎ飛脚で、早くて六日。向こうでの調べに要する時を考え、十日は見ていたほうがいいかもしれぬな」

「わかりました」

剣一郎は頷いて、

「宇野さまは、将軍家のご息女鶴姫さまのことをご存じでいらっしゃいますか」

と、口にした。

「確かにそのような姫君がいらっしゃると聞いたことはあるが、それがいかがした？」

「加賀藩が献上した加賀友禅は鶴姫さまへの贈り物だったそうです」

「鶴姫さまへの？　しかし、それがどうして富士見御宝蔵に収蔵されたままだったのか」

「わかりません。もしかしたら、手違いがあって、鶴姫さまにそのことが届いていなかったのか、あるいは……」

剣一郎は言葉を切った。

「あるいは？」

「加賀前田家は将軍家よりご正室《せいしつ》を招くことが多いそうですね」

「うむ。将軍家の縁戚だ」

「鶴姫さまもそうなのではないかと推察しました。それで、加賀友禅を献上したが、ご正室の話が何らかの事情で頓挫《とんざ》した。だから、加賀友禅は富士見御宝蔵に放っておかれた。ところが、ここに来てご正室の話が進み出した」

剣一郎は言ってから、

「じつは、加賀友禅の反物は先日無事に鶴姫さまに渡ったそうです」

「渡った？」

「はい。文七郎の知らせでは、鶴姫さまはたいそうお喜びだったようです」

「すると、加賀友禅の件はこれで落着したというわけか」

「いえ」

剣一郎は首を横に振った。

「どういうことだ？」

「当初献上された加賀友禅と、一連の騒動のあと再び納められた加賀友禅は別物だったようです」

「別物？」

「はい。返却時に前田公がすり替えたのです」

「なぜだ？」

「わかりません。献上したものには何か瑕疵《かし》があったのではないかとも思いましたが、それなら素直に事情を話し、取り替えれば済む話。それを、盗みという手段ですり替えようとしたのはなぜか。単なる疵《きず》があっただけではないような気がします」

「確かにそうだが」

清左衛門は首を傾げた。

「御庭番の早瀬竜太郎どのからの知らせが待ち望まれます。加賀藩で今、何が起きているか、それがわかれば……」

「早瀬竜太郎は金沢に発《た》った。すでに到着して調べまわっていることだろう。念のために、『難波屋』のことも調べてもらうように連絡をとってもらおうか」

「矢野淳之介どのにつなぎをとっていただけますか」

剣一郎は清左衛門に頼んだ。

「明後日の昼。いつもの場所でと」

明日は北町で鉄五郎の詮議があった。

「わかった。伝えておく。さっそく大坂にも文を出す」

「お願いいたします」

剣一郎は清左衛門と別れ、いったん与力部屋に戻ってからすぐ奉行所を出た。

剣一郎は本町一丁目の『越中屋』にやって来た。

店先に駕籠《かご》が停まっていた。甚右衛門が出て来て駕籠に乗り込んだ。手代に見送られて、駕籠は出立する。

剣一郎はあとを追った。駕籠は本町通りを大伝馬町《おおでんまちょう》のほうに向かった。速度を緩めることなく、駕籠は浅草御門に出てそのまま蔵前《くらまえ》を通った。

駕籠は駒形《こまがた》から吾妻橋《あずまばし》の袂を通って花川戸《はなかわど》から今戸《いまど》に出た。

そして、行き着いたのは橋場《はしば》の真崎《まつさき》稲荷の近くにある黒板塀の小粋《こいき》な家だった。妾宅《しょうたく》のようだ。

駕籠を下りた甚右衛門は門を入り、格子戸の前に立った。やがて、中から戸が開き、女が顔を覗かせた。

甚右衛門は家の中に入った。

妾《めかけ》の家でどのくらい過ごすかわからない。少なくとも一刻（二時間）は出てこないだろう。

次の狙いが甚右衛門かどうかはわからず、鉄五郎の裁きが済まないうちに敵がことを起こすとも思えず、剣一郎は迷った。

真崎稲荷の鳥居をくぐり、境内にある水茶屋で四半刻（三十分）ほど過ごした。茶代を払い、剣一郎が水茶屋を出たとき、鳥居の脇に大柄な浪人が立っているのに気づいた。太い腕は毛むくじゃらだ。

剣一郎は不審を抱いた。鳥居を出て、甚右衛門の妾の家のほうに歩いて行くと、その家の様子を窺っている遊び人ふうの男がいた。

甚右衛門を狙っているのかもしれないと、剣一郎は気づかれないように裏手の木立《こだち》の中に身を隠した。

陽が沈みはじめ、西の空が赤く染まってきた。辺りは暗くなりつつある。

真崎稲荷からさっきの浪人がやってきた。剣一郎は表まで出て様子を見る。浪人は遊び人ふうの男とともに妾の家の門を入った。

遊び人ふうの男が格子戸の前に立った。戸を叩いて、

「ごめんなさいよ。自身番から来ました」

と、大声で呼びかけた。

やがて、戸が開いた。女の悲鳴が聞こえた。浪人たちが家の中になだれ込んだ。剣一郎も門を入った。

「おまえたち、なんだ？」

甚右衛門の声だ。

「『難波屋』から頼まれたのか」

「甚右衛門。死んでもらうぜ」

遊び人ふうの男が言う。

浪人が刀を抜いた。女がまた悲鳴を上げた。

「うるさい。旦那、女から殺《や》ってくれ」

「よし」

「よせ、やめろ」

居間の壁に追い詰められた甚右衛門が訴える。

女は恐怖からしゃがみ込んでいた。

「女、覚悟しろ」

「待て」

剣一郎が背後から一喝した。

浪人と遊び人ふうの男が振り返った。

「誰だ、てめえは？」

遊び人ふうの男が声を張り上げた。

「おまえたち。誰に頼まれた？」

剣一郎は問い質《ただ》す。

「おのれ」

浪人が斬り込んできた。

剣一郎は身を翻《ひるがえ》して相手の剣先を避けた。浪人は腕を伸ばしながら剣を横に薙《な》いだ。剣一郎は後ろに下がって切っ先から逃れる。

なおも浪人は八相《はっそう》から斬り込んできた。剣一郎は素早く相手の胸元に飛び込み、足払いをした。

浪人は激しく倒れる。剣一郎は浪人を押さえ込む。

「やろう」

遊び人ふうの男が匕首《あいくち》を腰に構え、突進してきた。剣一郎は浪人を突き放し、横っ飛びに刃を避けながら相手の手首を摑むや大きくひねった。男は転がった。

そのとき、戸口のほうから男が駆け込んできた。

「何があったのだ？」

御王神社で見かけた北町の定町廻り同心だ。

「怪《あや》しい奴」

同心が剣一郎に向かって十手《じって》を突き出した。

「早まるな。賊は向こうだ」

剣一郎はこの場に同心が駆けつけたことに不審を抱いて言う。

「黙れ。笠をとれ」

同心が怒鳴る。

その隙《すき》に遊び人ふうの男と浪人が起き上がって戸口に向かって駆け出した。

「待て」

追おうとする剣一郎を同心が遮《さえぎ》った。

「逃がす気か」

「逃げるか」

同心は十手を向けて叫ぶ。岡っ引きも行く手を塞《ふさ》ぐように立っていた。

「なぜ、賊を追わない？」

「怪しいのはおまえだ」

「そなた、鉄五郎を捕まえた同心だな」

剣一郎は見覚えがあった。

「わしは南町の青柳剣一郎だ」

「…………」

剣一郎は編笠をとって素顔を晒《さら》す。

「これは……」

同心はあわてたように一歩下がった。

「なぜ、賊のふたりでなく、わしに十手を向けたのだ?」

「申し訳ありません」

同心は平然と答える。

「怪しい奴と見分けもつかぬのか。それとも、あのふたりを逃がすためか」

「…………」

「それより、なぜここにいたのだ?」

「そのことはお答え出来ません」

「なぜだ?」

「北町奉行所当番方与力水川秋之進さまの命《めい》です。内容は申し上げられません。

では、今から賊を追います」

「無駄だ」

剣一郎の声を無視して、同心と岡っ引きは飛び出して行った。

甚右衛門が近づいてきた。

「青柳さま。危ういところをありがとうございました」

剣一郎は甚右衛門に顔を向け、

「心当たりがあるようだな」

と、きいた。

「いえ。単なる押込みでしょう」

「そなたは『難波屋』に頼まれたかと賊にきいた。『難波屋』の者から狙われるわけがあるのではないか」

「いえ、あわてていましたので、とっさに口から出ただけでございます」

「北町の者が駆けつけたのは偶然だ思うか」

「さあ」

「わしが駆けつけなくても北町の者が助けてくれただろうか」

「……………」

「違う。そなたたちが殺されたあと、今の同心が駆けつけて押込みとして探索をはじめることになっていたに違いない」

甚右衛門は顔色を変えた。

「そなたが狙われたわけは善次郎と同じではないか。献上品の加賀友禅の秘密だ。善次郎は盗っ人が持っていた加賀友禅の反物を一目見て献上品だと見抜いた。その献上品には何か変わった点があったはずだ。そなたも善次郎から献上品の加賀友禅の秘密を聞いていたのではないか」

「青柳さま。私にはなんのことかさっぱり」

「とぼけるのか。そなたは命を狙われた。この女子《おなご》も巻き添えで殺されるところだった。それでも、まだ口を閉ざすのか」

「…………」

「よいか、ここは危険だ。しばらく、別の場所に移っていたほうがいい。今夜は戸締りをよくし、誰が来ても開けるな。たとえ、さっきの同心と悶っ引きがやってきても開けてはならぬ。わしから決して戸を開けるなと厳命されていると言えばよい」

「わかりました」

「お待ちください。青柳さまはどこまでご存じなのですか」

「では、わしは行く」

甚右衛門は厳しい顔できいた。

「正直、まだわからないことだらけだ。わかっているのは、献上品の加賀友禅が将軍家御息女の鶴姫さまに贈られたものだということ。盗難騒ぎのあとに前田公から再び納められた加賀友禅は別物にすり替えられていたこと。その背景に加賀藩の中で何かが起きていることがあるのではないかと思われる。そして、これに老中の磯部相模守さまが関わり、さらに北町の一部が加担していることだ」

剣一郎は厳しい顔で続ける。

「さっきも言ったように、そなたが殺されても北町は加賀友禅の件とは関係ないものとして処理する手筈《てはず》だったのだろう。そなたが話せないのは、加賀藩で対立があり、そなたもどちらか一方に加担しているからではないか。わしは加賀藩での対立には関心はない。ただ、ひとが殺されることは決して見過ごしには出来ぬ」

そう言い、剣一郎は妾の家を出た。

辺りはすっかり暗くなっていた。屋敷で太助が待っているはずだと、剣一郎は夜道を急いだ。

月明かりを頼りに大川に沿った道を行く。水際に生い茂った葦《あし》の中からヨシキリの鳴き声が聞こえた。叢雲《むらくも》が月にかかったかと思うと、やがて辺りは暗くなった。山谷堀《さんやぼり》の船宿の灯は輝いているが、剣一郎の前方には深い闇が広がっていた。

第四章　加賀友禅《かがゆうぜん》の秘密

一

晴れていた空が一変した。昼前なのに、なんとなく薄暗い。雲の流れは速く、西の空から雨雲が迫ってきた。顔にぽつりと冷たいものが当たった。だが、数滴落ちただけで、まだ降り出しはしなかった。

剣一郎は呉服橋御門の外にある辻番所《つじばんしょ》の脇に立っていた。太助は呉服橋御門内に入り、北町奉行所《ぶぎょうしょ》を見張っている。

朝早く、小伝馬町の牢屋敷から北町に数珠《じゅず》つなぎで連行される囚人《しゅうじん》の中に鉄五郎がいた。鉄五郎は口元に笑みを漂《ただよ》わせ、辺《あた》りの風景を楽しむように悠然《ゆうぜん》と歩いていた。

そして、四つ（午前十時）前には物乞いの男が北町に入って行った。

それから半刻（一時間）経《た》った。呉服橋を物乞いの男が渡って来た。詮議《せんぎ》の場で、鉄五郎が争いの末に誤って金吉を殺《あや》めてしまったという目撃談を話したはずだ。

物乞いの男は橋を渡り切り、一石橋のほうに向かった。剣一郎は辻番所の脇から男を見送る。

しばらくしてから太助が現われた。剣一郎に目顔で何か言い、そのまま男のあとを追った。剣一郎は遅れて足を踏み出した。

一石橋を渡った物乞いの男はお濠《ほり》に沿って黙々《もくもく》と歩いて行く。その背後を太助が行く。

太助は猫の蚤取《のみと》りを仕事にし、ときには迷い猫を探すこともしている。その際、気配を消して見つけた猫に気づかれずに近づくことが出来た。

故《ゆえ》に太助の尾行は相手に感づかれにくい。物乞いの男は昌平橋《しょうへいばし》を渡っていくが、背後にまったく注意を払ってはいなかった。

剣一郎は太助に遅れて橋を渡った。

男は明神下から妻恋坂《つまこいざか》に向かった。坂を上がり、やがて湯島天神のほうに曲がった。やはり、男は湯島天神の周辺に住んでいるのか。

湯島天神の門前町の賑《にぎ》わいに紛れ、太助の姿もひとの陰に見え隠れする。太助の前を行く男は、剣一郎からは人波に消えて見えない。

剣一郎は太助のあとを追い、正面の湯島天神の鳥居前から左に折れた。

町並みを抜けると武家地になった。太助が道端に立っていた。

「どうした？」

剣一郎はきいた。

「あの屋敷に入って行きました」

小禄の武家屋敷が続く中程に、長屋門の屋敷があった。

「あの屋敷の中間《ちゆうげん》なのかもしれません」

太助は想像を述《の》べた。

「誰の屋敷か知りたい」

「近くできいてきます」

太助が前方に走り出した。

剣一郎はゆっくり屋敷の前を通る。門番がこっちを見ていた。

そのまま素通りをした。太助が戻ってきた。

「御納戸《おなんど》組頭《くみがしら》の谷田《やだ》正十郎《せいじゅうろう》さまのお屋敷だそうです」

「なに、御納戸組頭とな」

献上品窃取《けんじょうひんせっしゅ》の首謀者として切腹して果てた大木戸主水の後釜《あとがま》だ。

「はい。やはり、勝次という中間がいました。人相からして間違いないようです」

後釜の御納戸組頭の奉公人がどうして、と剣一郎は首をひねった。

「どうしますか。出てくるのを待って捕まえますかえ」

「いや。捕まえるのは谷田正十郎について調べてからだ。ただ、勝次をいつでも押さえられるように京之進に命じておく。京之進が駆けつけるまで、勝次を見張っているのだ」

「わかりました」

太助と別れ、剣一郎は来た道を引き返し、もう一度、谷田正十郎の屋敷の前を通った。

その頃から、とうとう耐えきれなくなったかのように冷たいものがぽつりと落ちてきた。

剣一郎は奉行所に急いだ。

勝次の正体がわかって、かえって混乱したが、やはり老中《ろうじゆう》磯部相模守が背後で蠢《うごめ》いていることが想像された。

太助のほうは、まだお糸の行方は摑《つか》めないようだが、お久という女が何か気がついているようだ。いずれ、何かを聞き出してくるだろうと期待した。

奉行所について同心詰所《どうしんつめしょ》に寄り、京之進が戻ったら顔を出すように告げた。

玄関に上がったあと、雨が急激に強く降り出した。

「青柳さま、降られませんでしたか。ずいぶん激しい降りですが」

当番方《とうばんかた》の若い与力《よりき》が声をかけた。

「危うく間にあった」

剣一郎はそう答えて与力部屋に行った。

落ち着いてから、剣一郎は年番方《ねんばんかた》の部屋に行った。

「宇野さま。ただいま帰りました」

剣一郎は声をかけた。

清左衛門はすぐに振り返り、

「向こうで」

と言って、立ち上がった。

今朝、出仕《しゅっし》したとき、物乞いの男のあとを尾《つ》けるという話をしてあった。

隣の部屋で差し向かいになって、剣一郎は口を開いた。

「物乞いの男は湯島にある西の丸御納戸組頭の谷田正十郎どののお屋敷に入って行きました。谷田どのは大木戸主水の後釜の組頭です」

「なに、後釜の組頭だと。して、物乞いの男はその奉公人か」

「はい。中間に勝次という男がおりました。間違いありません。その男が水川秋之進の言うがままに動いておりました」

「そうか」

「西の丸御納戸組頭の谷田正十郎どのについて、お目付《めつけ》どのにききたいのですが」

「わかった。組頭どのに弥之助どのの手を借りたいとお願いしてみよう」

「お願いいたします」

娘のるいの夫、御徒目付《おかち》の高岡弥之助は旗本御家人の各家の事情に明るい。

「そうそう、矢野どのから返事がきた。明日の昼だ」

「わかりました」

剣一郎は清左衛門と別れたあと、吟味方《ぎんみかた》与力の部屋に顔を出した。橋尾左門は席を外していた。

剣之助もいないので、今は詮議の最中かもしれなかった。

与力部屋に戻ると、京之進がちょうどやって来た。

「事件を目撃したという物乞いの男の素姓《すじょう》がわかった」

「ほんとうですか」

「湯島にある西の丸御納戸組頭の谷田正十郎どののお屋敷で中間をしている。谷田どののことを調べたあとで、勝次を捕縛《ほばく》したい。今、太助が見張っている。代わってくれ」

「わかりました。人数を整え、すぐ向かいます」

京之進は気負い込んで下がった。

剣一郎もすぐに外出をした。

唐傘《からかさ》を差し、剣一郎は本町一丁目の『越中屋』に顔を出した。

濯《すす》ぎの水を用意してもらってから、剣一郎は客間に案内された。ふと、内庭のかなたに男の姿が見えた。髭《ひげ》を生やした男だった。ふいに男が顔を向けた。髭に白いものが混じり、四十半《なか》ばくらいだ。眉根《まゆね》を寄せた厳しい表情でしばらく剣一郎を見ていたが、やがて、男は軽く会釈《えしやく》をして障子《しようじ》を閉めた。

「客人か」

剣一郎は女中にきいた。城端の絹商人のようには思えない。

「いいえ。俳諧《はいかい》の師匠でございます。旦那《だんな》さまがお招きして逗留《とうりゆう》していただいております」

「ほう、俳諧の師匠とな」

剣一郎は甚右衛門が俳諧をやるのかと意外に思った。

「いつからおられるのだ？」

「ひと月ほど前からになります」

「ずいぶんと長いな」

その間、何度かここにやって来たが、気づかなかった。

「どうぞ」

立ち止まった剣一郎に、女中が声をかける。

客間に通されると、すぐに甚右衛門がやって来た。

「今朝、帰って来たのか」

「はい」

「妾《めかけ》どのは？」

「いっしょです」

「ここに？」

剣一郎は驚いてきいた。

「じつは私の家内は二年前に亡くなっておりますが、

「そうであったのか」

「家内の三回忌を待って後添いにするつもりで橋場に家を構えておりました」

思い切ってここに」

「それがいい」

剣一郎は頷《うなず》いてから、

「それより、話してはくれぬか」

と、迫った。

「お許しください。私は詳しい事情はわからないのです」

「わからない？」

「はい」

「賊に対して『難波屋』から頼まれたのかときいていたな。『難波屋』から狙《ねら》われる理由があるのか」

「……………」

「命を狙われているのに言えぬのか。このまま、ただ手をこまねいていていいのか」

「まさか、私が襲われるとは思ってもみませんでした」

「しかし、襲われたのは事実だ。危険が迫っている」

「……………」

「善次郎は誤って崖から落ちたのではなく、殺された。なぜ、殺されねばならなかったのか。そなたは知っているはずだ」

「善次郎は純粋な思いで、城端絹を江戸に広めたいと思っていたのです。そんな思いを汲《く》んで私は善次郎に力を貸していただけです。善次郎に殺されなければならない理由はありません」

甚右衛門は真剣な眼差《まなざ》しで訴えるように言う。

「では、やはり善次郎は偶然に何らかの秘密に気づいたのだな。そして、その秘密をそなたは善次郎から聞いていた。そういうことだな」

甚右衛門は苦しそうな顔をしている。

「敵は秘密を知っている善次郎、そしてそなたを生かしておけないと考えたのだろう」

「…………」

「秘密を知っているのは善次郎とそなた以外に誰かいるのか。いれば、その者も狙われる。甚右衛門。その者を守らなくていいのか」

剣一郎は鋭く言った。

「おりません。私と善次郎だけのはずです」

「やはり、秘密を握っていたのだな」

「…………」

甚右衛門ははっとしたような表情をした。

「その秘密とは献上品の加賀友禅に関わるものだろう。盗《ぬす》っ人《と》が持っていた加賀友禅の反物を一目見て、善次郎は献上品だと気づいた。他の加賀友禅とは模様や色彩に若干の違いがあった。だから、善次郎はわかったのだ」

甚右衛門はうつむいている。

「最初に加賀友禅の反物を見た御納戸役は、色鮮やかな中にくすんだ色の小花の文様がちりばめられていたと話していた。くすんだ色の文様こそ、献上品独自のものだったのだ。だから、善次郎は献上品だとわかった」

「…………」

「だが、そこにどんな秘密が隠されているのかがわからない。しかし、そなたはそのわけを善次郎から聞いていた。いや、善次郎とて半信半疑のことだったのかもしれない。だから、それを確かめるために城端に帰ったのではないか。前田家の用人から主人宛ての文《ふみ》を預かったというのはわしに対する口実だ。違うか」

甚右衛門は固く口を結んでいる。

「城端に帰った善次郎は献上品の加賀友禅を作った友禅作家の宮田清州に模様のことをきいた。そこで、その隠された意味を知った。だから、善次郎は殺されたのだ。そして、そなたは善次郎の死が事故ではないことを悟り、はじめて善次郎から聞いた話が重大なものだったことに気づいた……」

「青柳さま」

甚右衛門は苦しげな表情を向け、

「確かに私は善次郎から盗っ人が落とした献上品の秘密を聞きましたが、それがどんな意味を持つかはわかりませんでした」

「だが、今はわかっているな」

「はい。気になって加賀さまのお屋敷に伺《うかが》い、用人さまに訊《たず》ねました。用人さまからは明確な答えは得られませんでしたが、私はある考えにいたりました」

「その考えを教えてはくれぬのだな」

「申し訳ございません。加賀さまの内実に関わることでございますゆえ、いくら青柳さまのお訊ねとはいえ申し上げることは……」

「仕方ない。しかし、今のそなたの話からいくつか見えてきたことがある。そなたが加賀友禅の秘密を知っていることをどうして敵は気づいたのか。おそらく加賀藩からだろう。用人がどうのこうのではない。用人は誰かに話し、敵のひとりの耳に入ったのであろう。それで、敵はそなたを生かしておけないと思った。違うか」

「………」

甚右衛門は黙って頷いた。

「今、加賀藩では何かでもめているな。後継者選びか、それとも財政問題か。いや、財政の厳しさから後継者のことが問題になったか」

剣一郎はぐっと睨《にら》み据《す》え、

「加賀藩のもめごとはそなたに関わりないこと。それでも、そなたは加賀藩をかばうというのか。それで命を落とすようなことがあっても、そなたはよいのか」

「殿さまはとても領民思いのやさしいお方です。そんな殿さまに迷惑がかかるような真似《まね》はしたくありません」

「殺されても……か」

「はい」

「そうか。わかった。そこまで言うなら、もうこれ以上は何も申すまい。なれど、くれぐれも用心するのだ。南町の同心に夜など見回りをさせる」

「ありがとうございます」

　甚右衛門は頭を下げた。

「そうそう、客人がいるそうだな」

「はい。私の俳諧の師匠にございます」

「そなたは俳諧を嗜《たしな》むのか」

「まだまだ人さまにお見せできるようなものではありませんが」

「そうか」

　剣一郎が部屋を出ると、廊下に妾が待っていた。

「何かあったらすぐに自身番に告げるように」

「ありがとうございます」

妾は縋《すが》るような目を向けた。

夕方、剣一郎が八丁堀の屋敷に帰ると、多恵が迎えに出て、

「弥之助どのがお見えです」

と、告げた。

雨に濡れた衣服を着替え、剣一郎は自分の部屋に行った。

弥之助が待っていた。

「義父上《ちちうえ》、お邪魔しております」

「組頭どのから?」

「はい。南町の宇野さまから知らせが入った。青柳どのの用向きらしいから私にすぐに行けと」

「そうか。助かった」

「組頭さまは義父上のことならなにを置いてもお応《こた》えするようにと仰《おつしや》ってくださっています」

「ありがたいことだ。よしなに申してくれ」

「はい」

「じつは、御納戸組頭の谷田正十郎どののことを知りたい」

「献上品窃取の件で自害した大木戸さまのあとの組頭どのですね」

「そうだ。谷田さまはどんなお方だ？」

「実直《じっちょく》なお方にございます。不祥事を起こした前任の者から引き継ぐということで身辺《しんぺん》を調べるようにとお目付さまから命じられました。谷田さまに特に問題は見当たりませんでした」

「責任をとって御納戸頭を辞めた高木哲之進どのや大木戸主水どのとのつながりは？」

「特に親しいようではございませんでした」

「では、老中の磯部相模守さまとは？」

「いえ」

「北町の者とは？」

「北町奉行所ですか？　いえ、つながりはありません。何かございましたか」

「じつは谷田正十郎どのの屋敷に勝次という中間がいる。この勝次はある殺しに関わっているのでな。谷田どのがどういうわけでこの者を雇ったのか知りたかったのだ」

剣一郎は勝次が物乞いに化《ば》けて殺しを見たと申し立てていることを話した。

「わかりました。私からお訊ねしてみます」

「そうしてもらおうか。へたにわしが動いて勝次に逃げられでもしたら面倒だ」

「畏《かしこ》まりました」

「それから、場合によっては捕まえることがあることも伝えておいてもらいたい」

「わかりました。では、私はこれで」

「夕餉《ゆうげ》をいっしょにどうだ？」

「るいが待っていますので」

弥之助が恥じらいを含んだような笑みを浮かべた。

「そうか」

仲むつまじそうで、剣一郎は安心した。

「まだ雨が降っている。気をつけてな」

「はい。さっきの件、すぐに確かめられます」

「明日は？」

「昼過ぎにでも、どこぞでお会いしましょう。宿直《とのい》で、出かけるのは遅いので」

「ならば、そちらの屋敷に伺おう。るいの顔も見てみたい」

「わかりました。るいも喜びましょう」

そう言い、弥之助は部屋を出て行った。

しばらくして、多恵がやって来た。

「弥之助どの、お帰りになりました」

「夕餉を誘ったが、るいが待っているからとそそくさと引き上げて行った」

「るいも仕合わせです」

多恵が珍しくしんみり言う。

「ほんとうにいい壻《むこ》を見つけた」

「ねえ。おまえさま」

多恵が不審そうな顔をして、

「近頃、太助さんは夜来ませんね」

「そういえばそうだな」

探索とはいえ、『叶家』という女が相手をする料理屋に行っているなどとは言えない。

「まさか、どこぞで悪い遊びを……」

多恵は鋭《するど》い勘の持ち主なので、剣一郎ははっとしたが、

「太助に限ってそのようなことはない」

と、あわてて言う。

「そうでしょうか」

「明日の朝来るだろうから、今度は夜にも顔を見せるように話しておく」

「ええ、お願いします」

多恵が去ったあと、剣一郎は障子を開けて庭を見た。

「まだ、降っているな」

剣一郎はひとりで呟《つぶや》いた。

庭の暗闇《くらやみ》に紫の紫陽花《あじさい》が雨に打たれていた。今頃、太助はお久と過ごしていることだろう。どこまで話を聞き出せるか。

加賀友禅の謎《なぞ》とは何か。善次郎は盗っ人が落とした反物に、どんな秘密を嗅《か》ぎ取ったのだろうか。

剣一郎は紫陽花に目を向けながら、そのことを考え続けていた。

二

雨は明け方には上がっていて、強い陽射《ひざ》しが庭先を照らしていた。

髪結いが引き上げたあと、太助が濡縁《ぬれえん》に近づいてきた。

「また、朝帰りか」

剣一郎は笑いかける。

「とんでもない。昨夜、雨の中をちゃんと帰りましたよ」

「そうか。で、きのうは京之進と代わったのだな」

「はい。京之進さまは岡《おか》っ引《ぴ》きや下《した》っ引《ぴ》きを引き連れてやってきました。近くの自身番を本拠にして交代で見張るそうです」

「よし」

「あっちは聞き出せました」

「そうか。よくやった」

「へえ。お久が言うには、お糸と鉄五郎はやはりいい仲だったそうです」

「いい仲？」

「ええ、お糸は金離れのいい鉄五郎に惚《ほ》れていたそうです。お久が、あの男はまっとうな稼業《かぎょう》じゃないと忠告したそうですが、意に介さなかったと言ってました」

「つまり、盗っ人でも構《かま》わないということか」

「そのようです」

「で、お久はお糸の行方をどう思っているのだ？」

「どこかで呑《の》み屋を開く支度《したく》をしているんじゃないかと。だが、鉄五郎は捕まったと言うと、お久は怪訝《けげん》そうな顔をしてました。お糸は何も心配していないようだったと」

「なるほど」

剣一郎は思わず笑みを漏《も》らした。

「太助。上出来だ」

「えっ、なにかわかったんですかえ」

「鉄五郎とお糸は示し合わせているんだろう。鉄五郎はお糸と暮らすため、どこかに居抜きの店を手に入れたんだ。そのために押込みをして金を稼《かせ》いだ。ところが、水川秋之進の手で御用になった。だが、事態は鉄五郎にとって思わぬ方向に進んだ」

「じゃあ、お糸は鉄五郎を待っているというわけですか」

「そうに違いない。鉄五郎は罪が軽くなる上に、娑婆《しゃば》に出たらお糸といっしょに呑み屋をやる手筈《てはず》なのだろう。それを御定法《ごじょうほう》に外れ、水川秋之進は認めている」

剣一郎は思わず拳《こぶし》を握りしめ、

「水川秋之進といっしょにいた小者のあとを尾《つ》けよう。きっと、お糸のところに行くはずだ」

「わかりました。あっしはこれからその男に張りつきます」

「決して無理はするな。よいな」

「わかっています」

そのとき、多恵がやって来た。

「太助さん」

多恵が声をかける。

「おはようございます」

「近頃、太助さん、夜来ないのね」

「昼間、歩き回って疲れて、早く寝てしまうらしい。そうだな」

剣一郎は太助に目配せする。

「そうなんです。もう早々と眠くなってしまうんです」

太助は多恵に言う。

「ほんとうかしら」

多恵は含み笑いをし、

「どこぞで悪い遊びでもしているんじゃないかと心配していたんですよ」

「へえ。遊びだなんてとんでもない」

「太助、どうだ。今夜はここで夕餉を」

「わかりました。遠慮なく、そうさせていただきます」

太助が言うと、多恵の表情も綻《ほころ》んだ。

「きっとですよ」

「へい。ありがとうございます」

「よし、出かけよう」

「じゃあ、あっしは北町のほうへ」

「うむ。頼んだ」

太助が庭を出て行き、剣一郎は部屋に戻って着替えた。

昼前に、剣一郎は天正寺の山門をくぐり、庫裏《くり》に向かった。

出迎えた僧侶が庭に面した部屋に通した。

細身の矢野淳之介がいつものように商人の姿で待っていた。目尻が下がり、穏《おだ》やかな顔つきは、とうてい御庭番《おにわばん》には見えなかった。

「お呼び立てして申し訳ありませんでした」

剣一郎が詫《わ》びると、

「ちょうどよかったのです。じつは昨夜、早瀬竜太郎から文が届きました。これでございます」

淳之介は文を差し出した。

「それによりますと、今、加賀藩はかなり財政が厳しいようです。その立て直しに向けて、藩内が割れているようです」

淳之介は続ける。

「文によると、大坂の豪商である鴻池から金を貸してもいいという申し入れがあったそうです。しかし、重臣方がみな反対し、断ったとか。鴻池は金を貸し出すと、藩の政《まつりごと》に口を出すようになるというのが大きな理由のひとつですが、やはり外からの金の借入は避けたいという思いも強かったようです」

「加賀の国のことは加賀の者たちで、ということでしょうか」

剣一郎は口をはさむ。

「それにしても加賀藩はなぜ財政に困窮《こんきゅう》しているのでしょうか」

「天候不順による不作や能登《のと》のほうで砂金が採れなくなったことも大きいようです。それに、ばかにならないのが藩主が代々徳川家から正室《せいしつ》を招いていることです。そのための御殿を建てたり、それなりの暮らしの維持のために莫大《ばくだい》な掛かりが必要となります」

「献上品の加賀友禅は将軍家の御息女の鶴姫さまにお贈りしたものだとききました。ひょっとして、鶴姫さまと藩主の子息に結びつきが?」

「そこまでは書いてありません。早速、その件を調べるように文を認《したた》めます」

「ついでに調べていただきたいことが」

剣一郎は口にし、

「金沢に『難波屋』という質屋兼両替屋があるそうです。大坂の『堺十郎兵衛』という商家の娘が嫁《よめ》にきて、店が大きくなったとか。この『難波屋』について調べていただきたいのですが」

「わかりました。書き添えておきます」

淳之介は応じてから、

「善次郎殺しについてですが」

と、続けた。

「善次郎は江戸からそのまま金沢に行き、友禅作家の宮田清州を訪ねていることがわかりました」

「なに、直接金沢に？」

隠密同心の作田新兵衛によれば、城端に帰って数日後に金沢から宮田清州の弟子の友蔵が善次郎を訪ねてきたらしいが、実際はその前にも、善次郎は宮田清州を訪ねているのだ。

「で、善次郎は宮田清州に会っているのですか」

「会ったそうです。弟子の友蔵には帰国の挨拶《あいさつ》にきたと話していたとか」

「竜太郎どのは宮田清州に会えたのですか」

「いえ。宮田清州は京に行ったきり、まだ戻ってきていないのです」

「なに、まだ戻っていないと？」

「はい。弟子の友蔵が困惑して言うには、京友禅の作家の法事のあと、丹波のほうにまわって帰るという知らせが一度あったきりで、その後、消息《しょうそく》が途絶《とだ》えているそうです」

「妙ですな」

「献上品の加賀友禅は宮田清州がほとんどひとりで染めたようです。弟子の友蔵にも触れさせなかったということです」

「あの加賀友禅は誰の依頼で作ったのかおわかりですか」

「それが、宮田清州は何も言わなかったそうです。頭巾《ずきん》をかぶった武士がときま訪ねてきていたそうですが」

「そうですか」

やはり、献上品の加賀友禅を作るときから秘密に包まれている。

「まさか」

善次郎の死に続いての宮田清州の行方知れずだ。その安否が心配になった。

その後、いくつかを確認したあと、剣一郎はいつものように先に部屋を出た。

剣一郎は谷中から下谷七軒町《しちけんちょう》の弥之助の屋敷に行った。

玄関に立つと、弥之助が直々《じきじき》に迎えてくれた。

「わかったか」

「はい」

部屋に入ってから、弥之助はさっそく口を開いた。

「勝次は、元西の丸御納戸頭の高木哲之進どのから頼まれて一時預かることにな・

ったようです」

「高木哲之進どのから？」

「小普請《こぶしん》に編入され、奉公人も辞めさせざるをえなくなったので、復職が叶《かな》うま
での間、預かってもらいたいと頼まれたそうです」

「やはり、高木哲之進どのもいまだに……」

それとも、剣一郎に対する恨《うら》みからこの企《たくら》みに加わっているのか。

「他に何か調べることがおありでしたら」

「いや、これで十分だ」

「そうでございますか。では、るいを呼んでよろしいでしょうか」

「うむ」

剣一郎が頷くと、弥之助は手を叩いた。

すぐに襖《ふすま》の向こうから、るいの声がした。

「失礼いたします」

るいが入ってきた。

「父上、お久しぶりでございます」

挨拶して、るいは顔を上げた。が、美しい目の辺《あた》りに翳《かげ》があった。

「どうした、るい。何か心配ごとでも？」

剣一郎は気になった。

「はい」

「なんだ？」

「父上のことです」

「わしの？」

「出入りの商人や職人さんが巷《ちまた》の噂《うわさ》を教えてくれました」

るいは真顔で口に出す。

「そうか。そなたの耳にも入っていたか」

「はい。青痣《あおあざ》与力はもうだめだ。これからは水川秋之進さまの時代だと、世間はそう噂しているそうではありませんか」

「そのようだな」

剣一郎は頷く。

「父上はなんとも思っていらっしゃらないのですか」

「世間の評判を気にして生きているわけではないからな」

「でも、今まであれほど青痣与力を信頼し尊敬してくれていたひとたちが、あっさり水川秋之進さまのほうになびくなんて」

「ひとの気持ちは移ろいやすいものだ。そのようなことにいちいち惑わされていたら身がもたぬ」

「では、父上は平気なのですね」

「もちろんだ」

「ああ、よかった」

るいが表情を輝かせた。

剣一郎はるいの様子におやっと思った。

「ほれ、私の言ったとおりだろう」

弥之助が口をはさんだ。

「どういうことだ？」

「はい。るいが噂のことで心配していたので、義父上は問題にもしていらっしゃらないはずと申していたのです」

「私は、父上が噂を気にして落ち込んでいるのではないかと心配だったのです」

「そうか。それはよけいな気を使わせてしまったな」

剣一郎は苦笑し、

「しかし、わしは噂など気にしていない」

「それをお伺いして安心いたしました。私も、噂などどうでもよいのです。ただ、父上がそのことで気を病《や》んだらどうしようとそればかり……」

「これで、いつものるいに戻れるな」

弥之助が笑いかける。

「はい」

剣一郎はるいの笑い声を心地よく聞いていた。

それからほどなく、剣一郎は弥之助の屋敷を出た。

これで、なんのためらいもなく勝次を捕縛出来る。勇躍して、剣一郎は湯島の谷田正十郎の屋敷に急いだ。

その夜遅く、仙道孫三郎がこっそりやって来た。

さっきまで京之進がいた部屋で、剣一郎は孫三郎と差し向かいになった。

「おかげさまで、物乞いの男の正体を掴むことが出来、先ほど捕縛しました」

剣一郎は切り出す。今、神田佐久間町《さくまちょう》の大番屋に閉じ込めているという。

「捕まえましたか」

孫三郎は身を乗り出してきいた。

「はい。ただ、まだ口を割っておりませんが、いずれ落ちるでしょう」

剣一郎は自信を見せてから、

「献上品窃取の件で自害した大木戸主水のあとに御納戸組頭に就任した谷田正十郎どのの屋敷におりました。元の西の丸御納戸頭の高木哲之進どのから頼まれて一時預かることになったということです」

「すると、どういうことになりますか」

孫三郎は困惑した。

「水川秋之進どのの評判を高めると同時に私を貶《おとし》めようとする勢力がおります。その勢力の中に、献上品窃取頓挫《とんざ》の恨みを私に向ける高木哲之進どのらがおり、さらに献上品の加賀友禅に絡む秘密を守ろうとする者たちがおります」

「水川どのの件と献上品の加賀友禅の件は、別物と言えるのですか」

「はい。ですが、黒幕は同じ。はっきりいえば、両方に相模守さまがいらっしゃると思われます」

「すると、相模守さま主導のもと、水川秋之進の名を上げさせるために、金吉・鉄五郎の事件を作り上げたというわけですか」

「そうなります。たまたま起きた谷中善光寺坂にある線香問屋の押込みと御玉神社裏での自死を結びつけ、金吉と鉄五郎の事件を新たに捏造《ねつぞう》したもの」

「本人の自白もあり、それなりの証《あかし》もあり、もはや明日の詮議で私の調べは終わります。あとはお奉行の採決のみ」

孫三郎は困惑した顔で、

「いかがいたしましょうか」

と、きいた。

「明日、偽《いつわ》りの目撃談で鉄五郎を罪に陥《おとし》いれたと南町から北町に申し入れをしたいと思うのですが」

「いいでしょう。南町からの申し入れがあったということで、明日の詮議で鉄五郎を問い詰めてみます」

「お願いいたします」

「しかし」

孫三郎が顔を歪め、

「このような不正が北町で行なわれていようとは」

と、悔しそうに呟いた。

「私もその悪巧《わるだく》みに利用されるところでした」

「いえ。それも一部の者が仕出かしたこと」

「ともかく、明日」

孫三郎は悲壮な決意で立ち上がった。

京之進にとっては自分の汚名を雪《すす》ぐ好機だ。そして、水川秋之進の野望を砕《くだ》き、事件の真相に迫る大きな一歩になる。剣一郎は久々に興奮を覚えていた。

三

翌朝、剣一郎は神田佐久間町の大番屋に行った。

すでに京之進が取調べをはじめていた。

「どうだ?」

「なかなか口を割りません」

「代わってくれ」

そう言い、剣一郎は莚《むしろ》の上にしゃがんでいる勝次の前に立った。

むさくるしい物乞いの姿ではなく、武家の中間らしい小ざっぱりとした印象だった。しかし、その鋭い目は不敵な笑みを含んでいた。

「勝次。正直に言うのだ」

「あっしは何も知りませんぜ。知らないことを喋れと言われても無理だ」

勝次は嘲笑《ちようしよう》を浮かべた。

「いい度胸《どきよう》だ」

剣一郎は微笑《ほほえ》みかけ、

「見もしないことを見たと言い張るのは大きな理由があるからだろう」

と言ってから、京之進のほうに顔を向ける。

「番頭はまだか」

「もうじき来るはずです」

京之進が答える。

「誰が来るんだ？　番頭ってのは誰のことだ？」

勝次が不安そうな目をした。

「谷中善光寺坂にある線香問屋の内儀と番頭だ。押込みの賊かどうか見てもらうのだ。ふたりは賊の特徴をよく覚えているというのでな」

「なんだと」

勝次が不思議そうな顔をした。

「どうして、そなたが御玉神社裏の殺しを見たと言い張るのか。そのわけが今にわかる」

「どういうことだ？」

「線香問屋の内儀と番頭が話していた押込みの賊の特徴がそなたにそっくりなのだ。ふたりがやって来ればすべてはっきりする」

「待てよ」

勝次はあわてた。

「なに言っているんだ。俺はそんなのに関わっていねえ」

「とぼけてもむだだ」

剣一郎は一喝《いっかつ》する。

「そなたは自分の罪を隠すために見てもいない殺しを見たと言い張っているの

だ。被害に遭《あ》った者がそなたの顔を見ればたちまち明らかになる」

「ばかばかしい。連れてくればいいじゃねえか。俺は何も知らねぇ」

勝次は強がりを言った。

外に出ていた小者が戸を開けた。

「いらっしゃいました」

「よし」

京之進が戸口まで行き、内儀と番頭を引き入れた。

「ごくろう」

剣一郎は声をかけ、

「さっそくだが、この男に見覚えがあるか」

と、きいた。

ふたりはおそるおそる勝次のそばに行った。勝次はふてくされたように天井に顔を向けている。

「どうだ？」

「この男です。間違いありません」

番頭が叫ぶ。

「そうです。うちのひとを殺したのはこのひとです」

内儀も指さして言う。

「なにを言いやがる。このふたりは嘘《うそ》をついている」

勝次は怒りに震えながら声を荒らげた。

「どうして嘘だと思うのだ？」

「押込みは顔を覆っていたんじゃねえのか」

「布が外れたとき、お前の顔をはっきり見た」

番頭は、剣一郎が頼んだとおりの台詞《せりふ》を口にした。

「いい加減なことを言うな。賊は布を外していない」

勝次は、顔を真っ赤にして叫《さけ》んだ。

「どうして外していないとわかるのだ？　自分が本人だからか」

剣一郎は厳しく問うた。

「違う。そう聞いている」

「聞いている？　誰から聞いたのだ？」

勝次は動揺して口ごもった。

「…………」

「そなたは、御玉神社裏で鉄五郎が金吉を死なせてしまうのをたまたま見ただけだ。そんなおまえが押込みの賊のことを誰から聞いたというのだ。北町の同心がそなたに教えるはずはない」

剣一郎は言い切った。

「よいか。ふたりともそなたが押込みの下手人だと言っているのだ。もう言い逃れは出来ぬ。観念するんだ」

京之進が口をはさむ。

「嘘だ。こいつら嘘をついている」

「なぜ、嘘をつかなくてはならぬのだ。おまえだって、鉄五郎が金吉を殺したのを見たというのはほんとうなのだろう。このふたりがおまえを押込みだと言い切るのもほんとうのことだからだ」

「違う。下手人は金吉だ」

「どうして金吉だと思うのだ？」

「北町の同心が言っていた」

「金吉ではない。このふたりが見た賊の特徴は、金吉とはかけ離れている。それに、北町は金吉が死んだ責を鉄五郎に負わせようとしているだけ。つまり、押込みは未だ解決していない。我ら南町は押込みの一件を裁く」

「違う」

「勝次」

剣一郎は穏やかに言う。

「押込みでひとを殺して金を盗んだら大罪だ。可哀《かわい》そうだが、獄門《ごくもん》だ。それとも真の下手人を知っているのか？」

「違う。俺じゃない」

「もうよい。申し開きはお白洲《しらす》でするのだ」

「それでは入牢証文《じゆろうしようもん》をとってきます」

京之進が戸口に向かった。

「牢屋敷は地獄の一丁目だそうだが、おまえは押込みでひとを殺した男だ。獄門になる囚人は一目《いちもく》置かれる。牢内でも大きな顔が出来るだろう」

剣一郎は遠回しに威《おど》す。

「待ってくれ」

勝次が叫《さけ》んだ。

「何が待てだ？」

「俺じゃねえ。押込みは俺じゃねえ」

「じゃあ、誰なんだ？　このふたりの証言から、金吉ではないことはわかっているのだ」

内儀と番頭が深く頷く。

「……………」

「言えまい」

剣一郎は突き放した。

「運が悪かったとしか言いようもないな。御玉神社裏での殺しを見て、北町で証言をしてさえいなければ、そなたのことは探索に浮かび上がってこなかったのだ。なまじ、あとになって訴えたために己の悪事が露顕《ろけん》する羽目《はめ》になった」

「……………」

反論出来ずにいた勝次は俯いていた顔を急に上げた。

「水川秋之進さまを呼んでくれ」

「なに、水川どのを？　なぜだ？」

剣一郎は含み笑いをしてきく。

「どうしてもだ」

「理由をきいているのだ」

「なんでもいいから呼んでくれ」

「よし、特別だ。呼んでやろう」

剣一郎は京之進に顔を向け、

「牢送りになればもう会うこともあるまい。せめて、最後に勝次の頼みを聞いてやろう。入牢証文をとる前に北町の水川秋之進どのを呼んで来てくれぬか」

「畏まりました」

京之進はすぐに出て行った。

「水川どのがやって来るまで、この者を仮牢に」

剣一郎は小者に言いつけたあと、線香問屋の内儀と番頭に顔を向け、

「ごくろうであった」

と言い、目配せをした。わざと押込みの賊だと決めつけてもらいたいと京之進から頼んであった。

「青柳さま」

勝次が連れられて行くのを見送った後、内儀が頭を下げた。

「水川さまがなんと仰るのかこの目で確かめたく存じます。どうか、それまでこ

こに居させていただけませぬか」

「私からもお願いいたします。真実を見届けたいのです」

「わかった。場合によっては、またさっきのように話してもらうことになるかもしれぬ。よいな」

「はい、承知いたしました」

それから四半刻（三十分）後に、京之進が戻ってきた。

「奉行所にいらっしゃいました。すぐ来るはずです」

「ごくろう」

それからほどなく、水川秋之進が大番屋にやって来た。いつもいっしょにいる小者はいない。奉行所に置いて来たのか。

剣一郎は出迎え、

「これは水川どの」

と、挨拶をした。

「青柳どの。いったいどういうことでございますか」

秋之進がむきになってきいた。

「谷中善光寺坂にある線香問屋の押込みの一件の下手人を捕らえたところ、その勝次なる男が牢送りになる前に水川どのを呼んでもらいたいと言うので」

「線香問屋の押込みは別に明らかになっています。南町が捕らえた勝次という男ではありません」

秋之進は語気を強めた。

「いえ。勝次という男の仕業《しわざ》だったのです」

「ばかな」

秋之進は冷笑を浮かべた。

「勝次をここに」

剣一郎は小者に命じた。

秋之進が厳しい顔で待つところに、縄をかけられた勝次がよろけるように駆け寄ってきた。

「勝次。そなたの望みどおり、水川どのを呼んで来た」

剣一郎は声をかける。

「どうか水川さまとふたりきりで話を」

勝次が訴える。

「そんな必要はない」

剣一郎は一蹴《いっしゅう》し、

「それとも我らに知られたくない話があるとでも言うのか」

「青柳どの、この者は押込みとは無関係だ。わしが請け合う」

「なぜ、水川どのはそこまで言えるのでござるか」

「この者は、御玉神社裏での金吉殺しを見ていたのだ。押込みはその金吉だとわかっている」

「なぜ、金吉が押込みだとわかったのですか」

「鉄五郎が自白したのだ。金吉が押込みで得た金を強請《ゆす》りとろうとして反対に……」

「鉄五郎は嘘をついています」

「なぜ、嘘だと言うのか。鉄五郎が金吉を殺したのを勝次が見ていたのだ」

「金吉が押込みの下手人だというのは鉄五郎の話だけですね。ところが、勝次が下手人だと言っているのはこのふたりです」

剣一郎は先ほどの内儀と番頭を呼んだ。

「水川どの、線香問屋の内儀と番頭です」

「………」

「もう一度、さっきの話をしてくれぬか」

「はい」

内儀は返事をし、

「うちのひとを殺し、十二両を盗んだのはこのひとです」

と、勝次を指さした。

「そうです。押込みはこの男です」

番頭もはっきり言い切る。

「水川どの、お聞きか。勝次は主人を殺し、金を奪って逃げるとき、頰被《ほおかぶ》りをとったそうです。ですから顔をしっかと見られているのです」

「ばかな。賊が顔を晒《さら》すはずないではないか」

「つい安心してしまったのでしょう。ちなみに、金吉の特徴を話しましたが、ふたりとも賊ではないと言いました。金吉が押込みをしたと言うのは、罪人の鉄五郎ひとり。一方、こちらは被害者であるこのふたり。さらに、この勝次は身分を偽って詮議の場に出て証言をした。さて、両お奉行所はどちらを信じるでしょうか。いかがですか」

「青柳どの。謀《はか》りましたね」

「これは異《い》なことを。金吉の自死を北町は殺しだとし、鉄五郎の名を挙げた。自死とした京之進は自分の名誉を守るために北町で解決できなかった押込みの件を調べ、勝次を捕まえたのです。これでお互いさまではありませんか」

「………」

「勝次」

剣一郎は勝次に目をやり、

「そなたの望みどおり、水川どのに来てもらったのだ。話があるのだろう。今、話しておかないと後悔するぞ。もはや、獄門は間違いないのだからな」

「水川さま」

勝次は膝《ひざ》を進め、

「どうか、助けてください」

と、訴えた。

「勝次、勘違いをいたすな。水川どのにそなたを助けることなど出来ぬ。そなたは南町の同心植村京之進の手にかかったのだ」

「俺じゃねえ。俺は押込みなどしてねえ」

「まだ、しらを切るのか。自分ではないというなら、押込みは誰の仕業だと言うのだ？」

「………」

「何も言えまい。これまでだ。京之進、入牢証文をとってきてくれ」

剣一郎は京之進に告げ、

「水川どの。ごくろうでございました。もはや、下手人は勝次で決まりでございる」

その時、

「俺じゃねえ、押込みは鉄五郎だ」

勝次が顔を紅潮《こうちょう》させて叫んだ。

「この期《ご》に及んで、往生際《おうじょうぎわ》が悪い。今度は鉄五郎のせいにするのか。どこまでそなたは卑怯《ひきょう》なのだ」

もう落ちる。剣一郎はそう実感して、さらに畳みかけた。

「押込みが鉄五郎なら奪った金があるはず。金吉から金を強請りとる必要はない。鉄五郎は金がないから強請った。したがって、鉄五郎が押込みだということはあり得ぬ。そなたは鉄五郎は押込みの下手人ではないと請け合っているようなた。

「じつは、これには深いわけがありまして」

と、秋之進が切り出した。

「わけですと」

剣一郎が問い返す。

「じつは、この者は私の意を汲んで、動いてくれたのです」

「なんですと」

「勝次と話をさせていただけますか」

「いいでしょう。ただし、我らの前で願いたい」

剣一郎は許した。

「かたじけない」

「青柳どの」

秋之進が口をはさんだ。

「この者の言うように、押込みは鉄五郎の仕業です」

いきなり秋之進が折れてきたような様子になって、かえって剣一郎は警戒し
ものだ」

秋之進は会釈をし、勝次に振り返った。

「このような仕儀《しぎ》になり、そなたにも迷惑をかけた」

秋之進は切り出す。

「誤解を解くために、まず私の問いに答えるのだ」

「はい」

「そなたは押込みをしたか」

「とんでもない、あっしはやっていません」

「では、誰が押込みの下手人か知っているな」

「押込みは鉄五郎です」

「そうだ。鉄五郎だ。そのことをそなたに教えたのは私だ」

秋之進の言葉に、剣一郎は耳を疑った。

「そなたは私の頼みで鉄五郎に会ったのだな」

「そうです」

「どう鉄五郎に話を持ち掛けたのだ？」

「まとまった金を持っているけど、どうしたのかときいたんです。最初はとぼけていましたが、あっしは線香問屋の押込みのことを口にしたんです。そしたら、鉄五郎はあわてていました。そのあとで頼みがあると言われ……」

「頼みとは?」

秋之進と勝次の話を聞きながら、剣一郎は不審を持った。ふたりのやりとりに、阿吽《あうん》の呼吸があるような気がした。

「金吉という男が御玉神社裏で自死している。この男を押込みに仕立てるって言い出し、企みを聞きました。ちょうど、水川さまが御玉神社裏の自死の件を氏子《うじこ》に頼まれて調べていると瓦版《かわらばん》で知っていたので……」

「それで私のところに訴えて来たというわけだな」

秋之進が静かに言う。

もはや茶番《ちゃばん》だった。勝次が目をつけられたことを察し、すでに手を打って口裏を合わせていたのだ。ここまで周到だったのかと、剣一郎は驚いていた。

「水川どの。今の勝次の言葉が真実かどうか。あとは我らが調べます」

剣一郎は口をはさんだ。

「いや、この者は真実を語っています」

「なぜ、わかるのですか」

「この私がこの者に手を貸してくれるように頼んだからです。じつは、押込みは鉄五郎の仕業だとわかっていながら証がありませんでした。そこで、今回のような芝居を打ったのです」

「芝居？」

「そうです」

「しかし、鉄五郎は吟味方与力の取調べを受けているのではないですか」

「鉄五郎を安心させ、お奉行のお白州《しらす》で改めて追及するつもりでした」

「この者は元御納戸頭の高木哲之進どののつながりで谷田正十郎どのの屋敷に一時中間として雇われたということです。そんな男と鉄五郎の関わりが不明であり、また、鉄五郎が今さらあっさり押込みを白状するとは思えません」

「お奉行のお白州で、この勝次が真実を訴えることになっていました。そうなれば、鉄五郎に逃れる術《すべ》はありません。少なくとも、押込みでは裁けなくても、人を殺めた罪で、重い罰を下すことが出来る。そう考えたのです」

「水川どの」

剣一郎が敢然《かんぜん》と秋之進に反論しようとしたとき、いきなり乱暴に戸が開かれ、尻端折《しりはしょ》りした男が飛びこんできた。

「水川さま、いらっしゃいますか」

「何事だ?」

秋之進が出て行く。

「あっ、水川さま。たいへんです。仮牢で、鉄五郎が……」

「鉄五郎がどうしたと?」

「急に苦しみだし、そのまま」

「なに」

叫んだのは剣一郎だった。

その瞬間、秋之進の口辺に微《かす》かな笑みが浮かんだのを見逃さなかった。

四

その日の夜、八丁堀の屋敷に仙道孫三郎が忍んできた。

孫三郎も深刻そうな顔で、剣一郎の前に腰を下ろした。

「まさか、あのようなことになろうとは……」

孫三郎は憤然《ふんぜん》とした。

「鉄五郎の詮議がはじまり、昨夜のように勝次の話をしました。鉄五郎はかなりうろたえていた。詮議が終わり、仮牢に戻ったあと、鉄五郎が急に苦しみだしたのです。医者が駆けつけたときには絶命していました」

「毒を呑んだということですが？」

「その後の調べで、毒を髷《まげ》に隠していたということです」

「髷に？」

剣一郎は俄《にわ》かに信じられなかった。

「最初から罪を逃れられなければ、自ら死のうと考え、毒を髷の中に隠していたというのが水川秋之進の考えです」

「やはり、水川どのですか」

剣一郎はため息をついた。

「青柳どのはどう思われますか」

「まず、毒の件ですが、最初から髷に隠していたなどとはあり得ません。鉄五郎は失敗するとは思っていなかったはず」

「では、何者かが毒を？」

「詮議の場から仮牢に引き上げる間に何者かが」

仮牢に戻る鉄五郎は少し興奮していたので、誰かが湯呑みで水を飲ませたということだった。その水に毒が入っていたのではないか。

秋之進についていた小者の顔が脳裏《のうり》を掠《かす》めた。

「例の小者について何かわかりましたか」

「水川秋之進の家来だそうです。水川秋之進の近くにいる者にそれとなく訊ねましたが、使えそうな男なので雇ったと聞いているとのことでした」

「名は？」

「浅次郎《あさじろう》です」

「騒ぎのとき、浅次郎は奉行所にいたはずですね」

「まさか、浅次郎が？」

「証はありません。ですが、あり得ない話では……」

剣一郎は慎重に答えたが、浅次郎の仕業に間違いないと思った。

「しかし、ことは鉄五郎の自死ということになりましょう」

剣一郎は思わずため息をもらし、

「金吉の死については、鉄五郎が偽りを申したということで、やはり自死ということで。そして、鉄五郎は押込みの件が明らかになり、逃れられぬと悟って隠し持っていた毒を呑んだ。そういうことになりましょう」

「浅次郎を問い詰めれば、あるいは」

　孫三郎が訴える。

「おそらく、浅次郎は江戸にはもういますまい」

浅次郎はすでに逃亡しているに違いない。勝次が目をつけられた時点で、敵は方針をすべて転換したのだ。

　秋之進が浅次郎についての疑惑にどう言い訳をするのか、秋之進から明確な答えなど期待出来ない。

　浅次郎は何者なのか。やはり老中の磯部相模守の命《めい》を受けた者ではないかと思われるが……。

「鉄五郎を助けるためではなかったとしたら、敵はいったいなにをしたかったのでしょうか」

　孫三郎が疑問を口にした。

「やはり、私への意趣返《いしゅがえ》しだったのかもしれません」

　水川秋之進の評判を上げ、青痣与力を貶める。これが、献上品窃取に関わった相模守や元西の丸御納戸頭高木哲之進の狙いだ。

「私の評判を下げることで、新たな事件は私ではなく水川秋之進が受け持つ。そう形に持っていきたいのです」

剣一郎はそう言って続けた。

「狙いがそこにありますから、鉄五郎の件が失敗に終わっても痛くもかゆくもないでしょう。また、瓦版屋《かわらばん》が活躍をするでしょう」

剣一郎は憤然と言った。


その不安どおり、ふつか後の瓦版は水川秋之進を讃《たた》える文字で埋まっていた。谷中善光寺坂にある線香問屋の押込みの一件を見事に解決と大仰《おおぎょう》に書いてある。押込みの下手人について、水川秋之進は鉄五郎に早くから目をつけていたが、証がなく捕まえられずにいた。

そこで、水川秋之進は勝次という男を鉄五郎に近づけさせて、ある企みを持ち掛けた。それが、勝次が御玉神社裏で殺しを見たという……。

剣一郎は瓦版から目を上げた。

「まさか、ここまで水川秋之進を絶賛するとはな」

秋之進は浅次郎と鉄五郎の死は無関係だと言い、周囲は秋之進の言葉を素直に受け入れている。浅次郎に関しては、秋之進は何も語ろうとしなかった。北町も浅次郎については何の追及もしそうになかった。

「青柳さま。この瓦版屋を問い詰めてみませんか。いったい、誰から頼まれてのことか」

太助が逸《はや》ったように言う。

「瓦版屋はわかっているのか」

「へい、瓦版売りのあとを尾けて三河町《みかわちょう》にある絵草紙《えぞうし》屋を突き止めてあります」

「よし」

剣一郎は立ち上がった。


剣一郎と太助は三河町にある絵草紙屋の前にやって来た。

店先には絵草紙や浮世絵《うきよえ》などが置いてある。

太助が入って行き、店番の者に声をかけた。

「ご亭主はいるかえ」

「へえ。どちらさまで」

「南町の青柳さまが瓦版のことできたいことがある」

太助が声を強めて言うと、店番の者はあわてて奥に引っ込んだ。

小肥《こぶと》りの男が出てきた。

「これは青柳さまで」

「亭主か。これはここで刷《す》ったのだな」

剣一郎が瓦版を差し出した。

「へい」

「誰に頼まれたのだ？」

「それは……」

「ずいぶん間違いがある。世をたぶらかしたかどで取調べなければなるまい」

剣一郎は脅した。

「お待ちください。頼んできたのは、じつは名前も知らないお方なんです」

「名前も知らない？　そんないい加減な作り方をしているのか」

「すみません」

「なぜ、名前も知らない者の言い分を載せた？」

「それは……」

「金か」

「はい。かなりいただけましたので、つい」

「それだけか」

「えっ？」

「金だけか。他に理由はないか」

「いえ」

「相手の身分だ」

「………」

「どうやら、当たっているようだな」

「いえ、そんなことはありません」

「相手の名前は知らないが、どのような身分の者かはわかったのではないか」

「………」

「相手は武士だな」

「はい」

「どんな感じの男だ？」

「頭巾をかぶっていたので顔はよくわかりませんが、目は大きく、ひとを睨みつけるように見てました」

「細身のいかつい顔をした男に覚えはないか」

「その方といっしょに来ました。二度目からは、その男だけがやってきました」

「記事は誰が書いたのだ？」

「いつも細身で鋭い顔をしたお方が用意します」

「いくら金を積まれたからと言って、正体不明の男から差し出された記事をそのまま瓦版にして、良心は痛まなかったのか」

「青柳さまと水川さまの名があると瓦版の売れ行きが違ったので……」

「これからも出していくつもりか」

「私どもも商売ですから」

「もし正しくない中身であれば取り締まりを厳しくしなければならなくなる。心得ておくように」

「はい」

亭主はほっとしたように頭を下げた。

絵草紙屋を出て、

「いいんですかえ、このままで」

と、太助が納得いかない様子できいた。

「江戸の者たちが喜んでいるのは事実だ。だが、いずれ飽きがくるだろう。売れ行きが芳《かんば》しくなくなればやめる」

「でも」

太助は異を唱える。

「その間にも水川秋之進の評判がさらによくなって……」

「わしのことは気にせんでいい。じつのところ、わしはほっとしているのだ。あまりに青痣与力という虚像が独り歩きしていたのでな」

「そうなんですか」

太助は意外そうに言う。

「これ以上、目に余ればなんとかしようが、いずれ人々は今の話題に飽きるだろう。世間とはそんなものだ。それより、これですべてが終わったわけではない」

剣一郎は身を引き締め、

「『越中屋』の甚右衛門は何者かに命を狙われていた。善次郎と同じ理由と思える。献上品の加賀友禅の件だ」

「何が隠されているのでしょうか」

太助は首を傾げてから、ふと思いついたように、

「最初に献上した加賀友禅は今は加賀藩の上屋敷にあるんじゃないですか。見せ

ていただけないのでしょうか」

「加賀藩は将軍家に再び献上したということになっているのだ」

剣一郎は無理だと言った。

「そうすると、まだ上屋敷にあると」

「おそらくな」

「忍んでみましょうか」

「ばかなことを言うな」

「でも、加賀友禅の反物の秘密を知るには現物を見てみないと」

「いや、我らが見たところで秘密には気づかないかもしれない」

「そうですね」

「ともかく、『越中屋』に寄ってみよう。甚右衛門から聞き出せればいいのだが」

甚右衛門は善次郎から秘密を聞いているのだ。だが、それを打ち明けられずにいる。誰かに迷惑がかかることをおそれているのか。

だが、それではいつまでも何者かに狙われることになるのだ。

三河町から鎌倉河岸《かまくらがし》をとおり、お濠沿いを本町一丁目にやって来た。

五

剣一郎と太助は『越中屋』の客間で甚右衛門と向かい合った。

「その後、不審な輩《やから》につけ狙われたりはしていないか」

「はい。十分に用心をしております」

「やはり、加賀友禅の秘密を語ってくれるわけにはいかないのか」

「青柳さまは誤解をなさっております」

甚右衛門は目を細めて言う。

「誤解？」

「はい。善次郎は私に何も話していません。考えてもごらんください。善次郎は盗っ人が落とした反物を見て献上した加賀友禅だと気づきました。それで加賀藩を訪ね、やはり献上品だとわかった。でも、加賀友禅の秘密を上屋敷のお方にきいてもわかるはずはありません。作った本人に確かめるのが一番」

「なるほど。善次郎があわてて江戸を離れたのは献上品を作った宮田清州に会うためか」

善次郎は江戸からまっすぐ金沢の宮田清州のところに向かったのだ。

「善次郎とて宮田清州から話を聞き出す前は頭が混乱していたはずです。ひとに話してわかってもらえるありさまではなかったです」

「なるほど。すると、善次郎は宮田清州に会ってはじめて秘密に気づいたということか」

「はい」

「しかし、そなたは加賀友禅の秘密を知っているはずだ」

「ですから、善次郎からは聞いていません」

「では、他の者から聞いたのか。誰にきいた」

「いえ。誰にも」

甚右衛門は首を横に振った。

「いや、そなたは知っている。だから、襲われたのだ」

「あれは単なる押込みです」

「違う。北町の同心が近くにいた。そなたが殺されそうになった事件の掛かりがあの同心になるために近場にいたのだ。押込みによって殺されたとして始末をつけるためにな。献上品の秘密を知っているそなたを、どうしても始末しなければならなかったからだ」

「………」

甚右衛門は苦しげに顔を歪めた。

「あのとき、そなたは賊に対して『難波屋』から頼まれたのかときいていた。『難波屋』が献上品の件に何らかの形で関わっているということだな」

「青柳さま。どうか、これ以上は……」

「なぜだ、なぜ黙っているのだ？　誰かに迷惑がかかるからか」

そう口にしたとき、剣一郎はあっと気づいた。

「そうか。そうであったか」

剣一郎が声を張り上げると、甚右衛門は不安そうな顔になった。

「そなたは善次郎と同じように宮田清州から聞いて秘密を知ったのだ。どうだ？」

「まさか。宮田清州さまは金沢にいらっしゃいます」

「いや。善次郎が訪ねたあと、宮田清州は京友禅の作家の法事のために京に行ったきり、行方がわからないそうだ」

「………」

「俳諧の師匠がひと月ほど前から離れに逗留していると言ったな」

甚右衛門の顔色が変わった。

「離れにいる者こそ、宮田清州ではないのか」

剣一郎は迫った。

「そなたは宮田清州から加賀友禅の秘密を聞いたのだ。違うか」

「………」

甚右衛門は俯《うつむ》いている。

「どうなのだ？」

「仕方ない。離れに行ってみよう」

剣一郎は問いかけ、
剣一郎は膝《ひざ》を立てた。

「お待ちください」

甚右衛門は哀願《あいがん》するように、

「清州どのは先ほど、加賀藩上屋敷に出かけました」

「なに、どういうことだ？」

「用人の榊原さまにお会いしに。自分の身を守るためです」

甚右衛門はため息をついて続ける。

「清州どのは金沢にやって来た善次郎から献上品の加賀友禅の秘密を問い詰められ、江戸で騒ぎになっていることを知りました。その後、善次郎が死んだと報せを受け、自分も殺されるかもしれない、と身の危険を感じました。姿を消すため、京に行くと弟子たちに言い残して、江戸にやって来たのです。善次郎から『越中屋』のことを聞いていらしたと」

「それより、なぜ、上屋敷にあると思ったのだ？」

「盗難騒ぎは反物をすり替えるためだと気づいたからです」

「詳しいことはあとだ。清州の身が心配だ」

剣一郎は立ち上がり、

「上屋敷に向かう。太助、行くぞ」

と、声をかけた。

陽は大きく傾きかけていた。剣一郎と太助は本郷通りを急いだ。

加賀藩の上屋敷に到着したとき、夕陽が沈もうとしていた。

門番に近付き、

「恐れ入ります。南町奉行所与力青柳剣一郎と申します。こちらに、金沢の加賀友禅作家の宮田清州どのがやってきたはずですが」

「確かに参りましたが、もう引き上げたはずです」

「引き上げた？」

剣一郎は納得いかず、

「ご用人の榊原さまにお取り次ぎ願えませぬか」

用人は榊原政五郎、四十年配の武士である。

約束のない剣一郎の来訪に門番は渋っていたが、奥に使いを出した。

やがて使いが戻ってきて、

「玄関まで」

と、告げた。

太助を門の外に残して、剣一郎は庭を通って玄関に向かった。そこに、用人の榊原政五郎が立っていた。

「青柳どの、何か」

「突然、お邪魔して申し訳ございません。つい先ほど、宮田清州どのがやってきたそうですが」

「やって参りました。江戸に来た挨拶にと」

「加賀友禅の件では？」

「いや、挨拶だけですぐ引き上げられた」

明らかに嘘をついている。だが、引き上げたのはほんとうだろう。榊原が宮田清州を始末するとは思えない。

「どのくらい前でしょうか」

「四半刻には満たないと思います」

「わかりました。失礼します」

「うむ」

榊原政五郎は鷹揚《おうよう》に頷いた。

剣一郎は門を出た。

「やはり、もう引き上げたようだ。すれ違わなかった。湯島の切通しを行ったのかもしれない」

剣一郎は太助に言い、歩きだした。

上屋敷の塀沿いを湯島に向かううちに辺りは薄暗くなってきた。湯島天神の脇を過ぎた頃にはすっかり暗くなっていた。

剣一郎の脳裏をふと御玉神社裏の雑木林の光景が過《よぎ》った。そこにぶらさがる男の姿。なぜ、水川秋之進はいったん金吉を殺しだと言い張り、ほんとうは自死だったというような筋書きを作ったのか。

そこでの首吊りを自死だと強く世間に印象づけるためではないか。

「太助。御玉神社だ」

剣一郎は走った。あわてて、太助もついてくる。

闇《やみ》に沈んでいる不忍池の淵《ふち》を駆けた。雑木林に近付き、足音を忍ばせた。雑木林の中に提灯《ちょうちん》の灯《あかり》が見えた。

ひとりが提灯を持ち、もうひとりの男が誰かを押さえつけていた。

「宮田清州だ」

提灯の灯に映《うつ》し出された顔は『越中屋』の離れで見た顔だ。清州は猿ぐつわをかまされている。

男が清州の頸《くび》に縄を巻いた。縄のもう一端を持って枝にかけた。

「そこまでだ」

剣一郎は飛び出した。

「誰だ?」

縄を手にしていた男が顔を向けた。

「やっ、おまえは……」

男は驚愕《きようがく》したように目を剝《む》いた。

「そなたは鉄五郎に毒を呑ませ、奉行所から姿を晦《くら》ました浅次郎だな。今度は、宮田清州を首吊りに見せかけて殺すつもりか」

「おい、やっちまえ」

浅次郎が叫ぶと、清州を突き飛ばし、男が匕首《あいくち》を抜いて向かってきた。

剣一郎は身を翻《ひるがえ》し、相手の手首を摑んで大きくひねる。男は一回転して仰向《あおむ》けに倒れた。すかさず、浅次郎が匕首を構え、横に縦に斜めに振りながら襲ってきた。剣一郎は少し後退《あとずさ》った。浅次郎は攻撃の手を緩《ゆる》めず迫った。

剣一郎は匕首の切っ先が斜めに振れた瞬間に相手の胸元に飛び込んだ。だが、浅次郎は素早く腕を払い、横っ飛びに逃げた。

そのとき、闇に鋭い指笛《ゆびぶえ》の音が響いた。男たちが一斉に闇に紛《まぎ》れて逃げて行った。仲間がいたのだ。

すでに清州は太助が助け出していた。

「大事ないか」

剣一郎は声をかける。

「はい」

「宮田清州だな」

「さようでございます」

顔に皺《しわ》が多く、顎鬚《あごひげ》に白いものが混じっている。老熟した雰囲気だが、見かけよりは実際は若いようだ。

「歩けるか」

「だいじょうぶです」

清州はしっかりした声で答えた。


半刻（一時間）後、『越中屋』の離れで、剣一郎と太助は宮田清州、甚右衛門と向かい合った。

「献上品の加賀友禅にどんな秘密が隠されているのか教えてもらえぬか」

剣一郎は切り出す。

「これが加賀藩領内でのことならわしが口出しするのは控えねばなるまい。だが、献上品なのだ。将軍家と関わりがあるなら見過ごしには出来ぬ」

「………」

清州は俯いている。

「清州さま。命まで狙われているのです。もはや、黙っていては何の解決にもなりませぬ。ここは青柳さまに賭《か》けましょう」

甚右衛門が口添えをした。

「わかりました」

清州が顔を上げた。

「あの加賀友禅はあるお方から頼まれて染めたものでございます。色鮮やかな中にくすんだ色の小花の文様をちりばめております」

「そのくすんだ色になにかの秘密があるのだな」

「はい。絹商人の善次郎は仕上がったものを見ていますが、そのときには秘密には気づいておりませんでした。ただくすんだ色の小花がちりばめられているのがそれまでにないものと思っただけのようでした。ところが……」

清州は間を置き、

「江戸で、偶然に反物を見る機会がありました。盗っ人が落とした加賀友禅の反物を見たとき、その色合いから献上品の加賀友禅だとわかった。でも、そのとき、今まで気づかなかったものを目にしたのです」

「なぜ、そのときになって気づいたのだ？」

剣一郎は思わず身を乗り出した。

「陽の光でございます」

「陽の光？」

「はい。それまでどなたもあの反物を屋内で眺めるだけでした。でも、善次郎がはじめて陽光に照らされた加賀友禅を見たのです」

「それによって隠されていた文様が浮かび上がったというわけか」

「はい」

「その文様とは？」

「くすんだ小花は陽の光に当てられると髑髏《どくろ》に変わります」

「なに、髑髏？　小花に似せた髑髏がちりばめられているというのか」

「はい。さらに、髑髏の小花は単にちりばめられているのではありません。仕立てて着用すれば、髑髏の小花で『呪』の文字が浮かび上がってきます」

剣一郎は絶句した。そのような染めが出来る技量にも感嘆《かんたん》したが、それよりなぜそのようなものを献上品に……。

「あの加賀友禅は将軍家の御息女の鶴姫さまに贈られるものだったそうだが……」

やっと剣一郎は呟いたあと、あっと気づいた。

「鶴姫さまは加賀藩のお世継ぎの正室に招かれることになっていたとか。もしや、その話を壊すために」

「はい。あの反物を仕立て、鶴姫さまがご着用されたとき、髑髏で書かれた『呪』を見たお付きのものは加賀藩との縁組をやめさせるだろう。そういう狙いでした。私はそのことに加担して……」

清州は肩を落とした。

「そなたにその依頼をしたのは誰なのだ?」

「加賀藩の重臣のひとりです」

「青柳さま」

甚右衛門が口をはさむ。

「この暗闘には、もうひとつの影がいます。『難波屋』です。『難波屋』は藩にかなりの金を貸し出しております。『難波屋』は自分の娘を加賀藩のお世継ぎの正室にと企んでいるようでございます。その娘をさっきの重臣の養女にして……」

「そのような暗闘があるのか」

「証があるわけではありません。ですから滅多《めった》なことは言えないのです。したがって、重臣のお名前もご勘弁ください」

「あいわかった。あとは我らが調べる。よく話してくれた」

剣一郎は礼を言い、

「わしが乗り出したことを敵が知った今、もはやそなたたちを襲うとは思えないが、念のためしばらくは南町での警戒を続ける」

剣一郎は力強く約束をした。

数日後の朝、剣一郎はいつものように髪結いの噂話を聞きながら月代《さかやき》を当たってもらっていた。

どこそこで夫婦喧嘩《げんか》がもとで長屋中が真っ二つになってもめているという話やその他の他愛《たあい》のない話をしたあとで、髪結いはふと気づいたように、

「そういえば、近頃、水川秋之進さまの噂が出ません。瓦版にもまったく載っていません。なにかあったんでしょうか」

「ひとの心は移ろいやすいものだ。水川どのとわしとの対立にもう関心がなくな

ったのだろう」

「そうなんですかねえ。でも、あの騒ぎはなんだったんでしょう」

髪結いは首を傾げていた。

剣一郎は濡縁に出て、庭で待っていた太助と会った。

「青柳さま。お糸が『叶家』に戻っていました」

「お糸が？」

「鉄五郎が死んですべてが狂ってしまったそうです。それから、お糸が『叶家』を辞めたのも浅次郎に似た男の差し金だったようです」

「やはり、あの男か」

剣一郎は眉根を寄せ、

「必ず捕まえて、正体を暴《あば》いてやる」

と、意気込んだ。

「もうひとつ……。水川組下の同心が、加賀藩の紋の入った羽織を着て、加賀藩上屋敷に入っていくのを見ました」

付届けをもらう同心らは、用で大名屋敷に赴く時、付届けとともにもらった羽織を着て行く。

「やはり、北町の一部と加賀藩の一部はつながっているのかもしれぬな」

剣一郎は浮かぬ顔で頷いた。

「太助さん」

多恵が現われた。

「はい、おはようございます」

「今夜はうちで夕餉をとってくださいね」

そう言うと、多恵は安心したように戻って行った。

「太助。今夜はお久のところに行かず、ここに来い」

「いやですぜ。あっしはお久になんて」

「若いんだ。大いに遊べばいい。ただ、また、忙しくなる。今のうちに英気《えいき》を養っておけ」

「そんなんじゃありませんよ。じゃあ、あっしはこれから猫の蚤取りの仕事がありますので」

太助はいそいそと庭を出て行った。

残された剣一郎は、ふと天中を目指して昇りつつある朝陽を見上げ、きょうも暑い一日になりそうだと思った。

一〇〇字書評

切り取り線

虚ろ陽

購買動機（新聞、雑誌名を記入するか、あるいは○をつけてください）

□（　　　　　　　　　　　）の広告を見て	
□（　　　　　　　　　　　）の書評を見て	
□ 知人のすすめで	□ タイトルに惹かれて
□ カバーが良かったから	□ 内容が面白そうだから
□ 好きな作家だから	□ 好きな分野の本だから

・最近、最も感銘を受けた作品名をお書き下さい

・あなたのお好きな作家名をお書き下さい

・その他、ご要望がありましたらお書き下さい

住所	〒				
氏名		職業		年齢	
Eメール	※携帯には配信できません	新刊情報等のメール配信を 希望する・しない			

この本の感想を、編集部までお寄せいただけたらありがたく存じます。今後の企画の参考にさせていただきます。Eメールでも結構です。

いただいた「一〇〇字書評」は、新聞・雑誌等に紹介させていただくことがあります。その場合はお礼として特製図書カードを差し上げます。

前ページの原稿用紙に書評をお書きの上、切り取り、左記までお送り下さい。宛先の住所は不要です。

なお、ご記入いただいたお名前、ご住所等は、書評紹介の事前了解、謝礼のお届けのためだけに利用し、そのほかの目的のために利用することはありません。

〒一〇一－八七〇一
祥伝社文庫編集長　坂口芳和
電話　〇三（三二六五）二〇八〇

祥伝社ホームページの「ブックレビュー」からも、書き込めます。
http://www.shodensha.co.jp/bookreview/

祥伝社文庫

虚《うつ》ろ陽《び》　風烈廻《ふうれつまわ》り与力《よりき》・青柳剣一郎《あおやぎけんいちろう》

令和 元 年 7 月 20 日　初版第 1 刷発行

著　者　小杉健治《こすぎけんじ》
発行者　辻　浩明
発行所　祥伝社《しょうでんしゃ》
東京都千代田区神田神保町 3-3
〒 101-8701
電話　03（3265）2081（販売部）
電話　03（3265）2080（編集部）
電話　03（3265）3622（業務部）
http://www.shodensha.co.jp/

印刷所　堀内印刷
製本所　積信堂
カバーフォーマットデザイン　中原達治

 ISBN978-4-396-34547-1 C0193

祥伝社文庫の好評既刊

小杉健治

夜叉《やしゃ》の涙

風烈廻り与力・青柳剣一郎㊵

剣一郎、慟哭《どうこく》――。義弟を喪《うしな》った悲しみを抱き、断絶した父子《おやこ》のため、一家皆殺しの残忍な押込み一味を討つ。

小杉健治

幻夜行《げんやこう》

風烈廻り与力・青柳剣一郎㊶

その旅籠《はたご》に入った者は死ぬ！　殺された女中の霊が……？　次々と起こる不可解な死の謎《なぞ》に、剣一郎が挑む。

小杉健治

夢の浮橋

風烈廻り与力・青柳剣一郎㊷

〝鶴の一六四二番〟手にした者は必ず死ぬ、呪《のろ》われた富《とみ》くじ――。真相に気付いた男達は、一攫千金《いっかくせんきん》を目論《もくろ》む。

小杉健治

火影《ほかげ》

風烈廻り与力・青柳剣一郎㊸

悪を喰《く》らう悪党、影法師《かげほうし》の正体とは？　不良御家人《ごけにん》らを手玉にとって、真の黒幕が暗い闇《やみ》の中で動き出す！

小杉健治

泡沫《うたかた》の義

風烈廻り与力・青柳剣一郎㊹

町娘を死に追いやった旗本《はたもと》、強欲な金貸し……襲われたのは全員悪人。真相を追う剣一郎に凄惨《せいさん》な殺人剣が迫る。

小杉健治

宵《よい》の凶星《まがぼし》

風烈廻り与力・青柳剣一郎㊺

かつての相棒、今は義弟の男・文七《ぶんしち》が窮地に！　必ず救う――剣一郎は巨悪の根源・幕閣《ばっかく》へと斬り込む！